DAS TAGEBUCH DER TRÄUME

David V. Barrett

Urania Verlags AG

A DORLING KINDERSLEY BOOK

Design Bernard Higton
Text David V. Barrett

Lektorat Jacky Jackson
Chefredaktion Krystyna Mayer
Stellvertretende Redakteurin Jemima Dunne
Art Director Philip Gilderdale
Leitender Art Director Karen Ward
Produktionsüberwachung Antony Heller
Bildrecherche Catherine Edkins

1. Auflage 1998
ISBN 3-908645-93-X

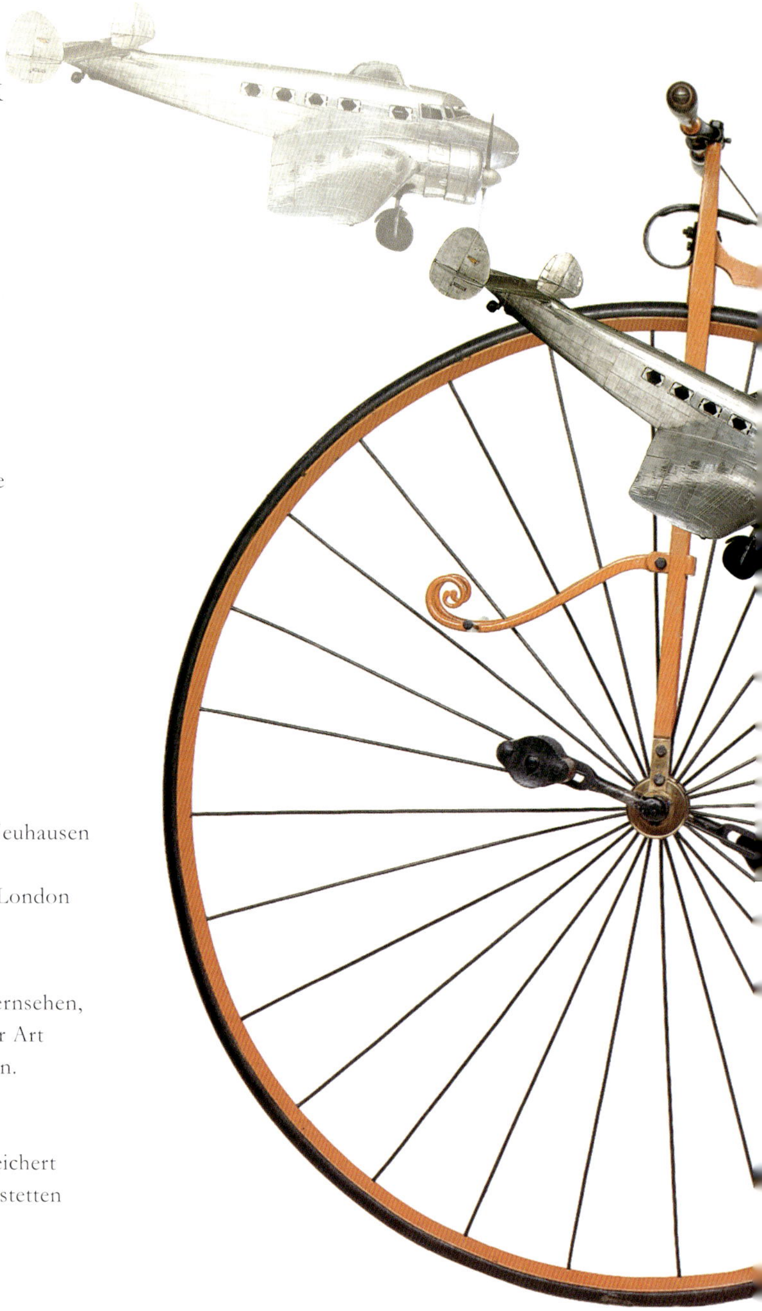

Übersetzt aus dem Englischen von Susanne Reichert
Satz: Fotosatz Reinhard Amann, D-88317 Aichstetten
Reproduktion: Mullis Morgan, London
Manufactured in Malaysia

Inhalt

Erster Teil

Traumthemen

Zweiter Teil

Ihr Traumtagebuch

Besondere Merkmale

EINFÜHRUNG

Einige Menschen glauben, daß Träume Botschaften der Götter seien oder einer spirituellen Welt entstammen und die Zukunft vorhersagen können. Das mag manchmal der Fall sein, aber in diesem Tagebuch der Träume liegt die Betonung darauf, was Träume Ihnen über Sie selbst offenbaren können. Daran ist nichts Geheimnisvolles oder Okkultes. Unser Unbewußtes weiß oft um Aspekte unserer Persönlichkeit oder Probleme in unserem Leben, die das Bewußtsein nicht sieht oder nicht gern eingesteht. Wir können uns zwar in bezug auf uns selbst etwas vormachen, aber unsere Träume sind präzise und wahr – manchmal unangenehm präzise und wahr.

TRAUMTYPEN

Heißt das also, daß jeder Traum eine Botschaft unseres Unbewußten ist, auf den wir genau achten sollen? Höchstwahrscheinlich nicht. Einige Träume sind einfach nur Wiederholungen einiger Tagesereignisse oder eine Vorwegnahme des folgenden Tages. Träume von einer Szene aus einem Film, den Sie gerade erst gesehen haben, oder einer Reise am Vorabend Ihres Urlaubs beispielsweise sind gar nicht so selten, enthalten aber sicher keine besondere Botschaft.

Andere Träume, denen die Erfüllung eines Wunsches zugrunde liegt, sind wie unsere Wachphantasien – eine Art Tagträumerei im Schlaf. In erotischen Träumen phantasieren wir über eine sexuelle Beziehung, oft mit jemandem, den wir im richtigen Leben kennen und mögen, manchmal aber auch mit einer bekannten Persönlichkeit. Solche Träume sind wahrscheinlich nur dann von Bedeutung, wenn wir im Traum eine völlig unerwartete Person begehren. In diesem Fall würden sich weitere Nachforschungen sicher lohnen.

WIE TRÄUME UNS HELFEN KÖNNEN

In vielen Träumen geht es um unsere Ängste und Schwächen, besonders diejenigen, die wir im wirklichen Leben nicht einmal uns selbst gegenüber zugeben würden. In unseren Träumen weist unser Unbewußtes auf Probleme und Nöte hin, auf die wir besser achten sollten, statt sie zu ignorieren. Solche Träume können oft sehr hartnäckig sein, weil ihnen unser Bewußtsein Widerstand leistet. Wenn Sie mehr solcher Träume haben – keine Sorge, das geht anderen genauso. Auch die zuversichtlichsten, erfolgreichsten und anpassungsfähigsten Menschen hegen insgeheim Zweifel an ihrer Attraktivität oder ihren Fähigkeiten. Mit Hilfe dieses Buchs können Sie solche Sorgen erkennen und sich im Wachzustand damit beschäftigen.

DIE BOTSCHAFT LESEN

Ermutigt die Botschaft in Ihrem Traum Sie oder warnt sie Sie? Bei der Interpretation Ihrer Träume müssen Sie unbedingt herausfinden, worauf die Botschaft abzielt. Wenn Sie beispielsweise träumen, Sie seien der Mittelpunkt auf einer Party, sagt Ihnen Ihr Traum damit, Sie sollten mehr Selbstvertrauen haben und wie Ihr Traumbild sein? Oder ist damit gemeint, daß Sie Gefahr laufen, bei solchen Anlässen so arrogant und dreist zu werden, daß Sie sich vielleicht ein bißchen zurücknehmen und aus dem Rampenlicht treten sollten? Der Schauplatz, die Stimmung und die Personen in Ihrem Traum helfen Ihnen bei

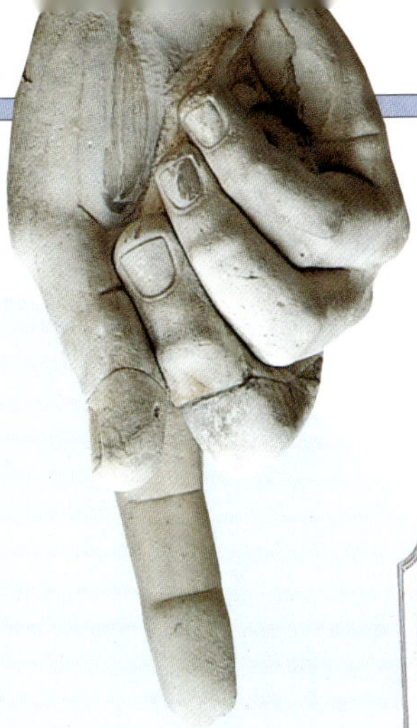

der Beantwortung solcher Fragen. Mit etwas Übung lernen Sie, zwischen unterstützenden und mahnenden Träumen zu unterscheiden, zwischen solchen, die Sie ermutigen, und solchen, die eine einschränkende Botschaft enthalten.

DIE PERSÖNLICHKEIT INTEGRIEREN

In diesem Buch ist mehrmals von Gleichgewicht die Rede. Unsere Persönlichkeit ist nicht unkompliziert. Wir alle besitzen eine Reihe oft höchst widersprüchlicher Facetten; zum Beispiel ist uns allen eine Mischung aus Strenge und Nachgiebigkeit, Herrscherverhalten und Fügsamkeit, Intoleranz und Toleranz eigen. Träume sind besonders dann hilfreich, wenn wir unsere unterschiedlichen Facetten – von denen jede einzelne von Bedeutung ist – identifizieren und herausfinden wollen, ob vielleicht eine die andere überlagert. Deshalb wirken Geschichten und Darsteller in unseren Träumen oft sonderbar: Sie demonstrieren drastisch, daß unsere Persönlichkeit oder unser Leben aus dem Gleichgewicht geraten ist. Haben wir erst einmal gelernt, diese Art von Botschaften in unseren Träumen zu identifizieren, können wir im Wachzustand etwas daran ändern. Dies ist eines der wertvollsten Ergebnisse der Trauminterpretation.

INDIVIDUELLE INTERPRETATION

Beim Verstehen Ihrer Träume ist es besonders wichtig zu wissen, daß es sich dabei um Ihre Träume handelt und es somit Ihre Aufgabe ist, sie zu interpretieren, auch wenn andere Menschen Ihnen dabei Hilfe und Führung anbieten können. Ein und derselbe Traum kann für zwei verschiedene Menschen zwei völlig unterschiedliche Bedeutungen haben. Aus diesem Grund ist dieses Buch eher eine Anleitung und kein Lexikon für Traumsymbole. Es bietet zahlreiche Vorschläge für die Bedeutung von Traumthemen, die oft auftauchen, und fragt: »Welche Bedeutung hat das für Sie?« Psychoanalytiker wie Sigmund Freud, Carl Gustav Jung und andere haben viele allgemeingültige Bedeutungen für Traumsymbole erarbeitet, die hilfreich sein können – aber letztendlich können nur Sie sagen, welche Bedeutung ein bestimmtes Symbol in Ihrem Traum für Sie hat. Anhand der Vorschläge in diesem Buch sollten Sie bei der Trauminterpretation Ihrer eigenen Intuition folgen und sich für Ihre Träume einen individuellen Leitfaden erstellen.

WIE SIE DIESES BUCH BENUTZEN SOLLEN

Dieses Buch ist so aufgebaut, daß Sie etwas hineinschreiben können; wie Sie dies am besten machen, steht im Kapitel *Schreiben Sie Ihre Träume auf* (Seite 28). Sobald Sie ihre Träume schriftlich festhalten, werden Sie sehen, daß dies der Anfang einer spannenden Entdeckungsreise ist. Anfangs mag es Ihnen schwerfallen, sich an Ihre Träume zu erinnern, geschweige denn sie zu interpretieren; aber denken Sie daran: Mit etwas Übung wird alles leichter, und je mehr Fortschritte Sie bei der Beschäftigung mit Ihren Träumen machen, desto faszinierender und zufriedenstellender werden Sie diese Übung empfinden.

Sicher stellen Sie bald fest, daß Sie sich um so öfter an Ihre Träume erinnern, je öfter Sie sie aufschreiben. Vielleicht fallen Ihnen – neben den Wiederholungsträumen, die Ihnen schon vertraut sind – Themen und Gestalten auf, die immer wiederkehren. Vielleicht gelingt es Ihnen sogar manchmal, den Verlauf eines Traumes zu verändern. Wir schlagen Ihnen an mehreren Stellen in diesem Buch vor, dies zu tun, um mehr Verständnis für die tiefere Bedeutung Ihrer Träume zu gewinnen und die eher unangenehmen Aspekte in den Griff zu bekommen und zu verändern.

ERSTER TEIL

TRAUMTHEMEN

IN DIESEM ABSCHNITT geht es um die häufigsten und wichtigsten Traumthemen. Die Rede ist von Menschen oder Tieren, die in Ihren Träumen auftauchen, von der Bedeutung einer vorherrschenden Stimmung, Farbe oder Emotion eines Traumes und von Traumbildern wie Gebäuden und Bauformen. Hier steht auch, was Träume von Bewegung, Energie und Kreativität über Sie im wirklichen Leben aussagen, und es wird das Erscheinen religiöser und mythologischer Gestalten in Ihrem Traum erklärt.

Arbeiten Sie mit Hilfe dieses ersten Teils heraus, was diese Themen im Kontext Ihrer Träume bedeuten könnten. Halten Sie Ihre Träume in einer Notiz auf den entsprechenden Seiten fest, und achten Sie darauf, wie sich Ihre persönliche Sammlung von Traumthemen parallel zu Ihren Interpretationen im zweiten Teil dieses Buches entwickelt. Machen Sie gelegentlich auch einen Quervergleich Ihrer Notizen in beiden Teilen des Buches.

Mit der Zeit werden Sie mit den Themen, die in Ihren Träumen vorkommen, vertraut und verstehen sie besser.

MENSCHLICHES LEBEN

ES KANN DURCHAUS SEIN, daß Sie die Menschen in Ihren Träumen kennen oder es sich um berühmte oder völlig fremde Persönlichkeiten handelt. Menschen, die Sie aus Ihrem wirklichen Leben kennen, treten persönlich auf oder übernehmen eine – mit den Worten Carl G. Jungs (siehe Seite 34) – archetypische Rolle; wenn zum Beispiel ein Freund als typische Autoritätsperson auftritt, sagen wir, im Priestergewand, verspüren Sie vielleicht das Bedürfnis, diese Person um spirituellen Rat zu bitten. Die Menschen in Ihren Träumen stellen oft verschiedene Aspekte Ihrer eigenen Persönlichkeit dar. Fragen Sie sich deshalb, wie sie sich verhalten und welche Gefühle Sie für sie empfinden.

Streiten sich in Ihrem Traum zwei Menschen, könnte dies einen inneren Kampf zwischen, sagen wir, Ihrer vorsichtigen und Ihrer abenteuerlustigen Seite widerspiegeln, oder es kämpfen Ihre geheimen Begierden gegen Ihr Bedürfnis an, nach außen hin ehrbar zu wirken. Hören Sie immer genau auf beide streitenden Seiten, denn beide kommen aus Ihnen. Ihr Unbewußtes ist sich dieses Konflikts in Ihrer Persönlichkeit vielleicht bewußt und taucht gerade aus diesem Grund in Ihren Träumen auf.

AUTORITÄTSFIGUREN

Manchmal erscheinen die Menschen in Ihren Träumen als Autoritätsfiguren – als Lehrer, Polizist, Richter, ja sogar als Ihr eigener Vater. Zwar stellen sie die »Stimme« Ihres schlechten Gewissens dar, haben aber viel häufiger die Aufgabe, Sie zu leiten und zu unterweisen, statt Sie zu bestrafen. Achten Sie auf ihre Worte und ihr Tun, und schreiben Sie es sofort nach dem Aufwachen auf, denn oft halten sie wichtige Botschaften von Ihrem weiseren inneren Selbst bereit.

Wenn Sie eine Uniform tragen, könnte das ein Zeichen für Ihre Einstellung zur Konformität sein. Ihr Traum zeigt vielleicht, daß Sie es scheuen oder ablehnen, sich an gesellschaftliche Regeln anzupassen, oder daß Sie sich allzu bereitwillig anpassen, ohne selbst zu denken. Ist Ihre Uniform sauber und sitzt sie wie angegossen, könnte der Traum darauf anspielen, wie Sie sich im wahren Leben geben; ist sie zerrissen und schmutzig, weist dies möglicherweise auf Ihre besorgte Frage hin, welches Bild andere Menschen wohl von Ihnen haben. Tragen Sie als einziger keine Uniform, dann überlegen Sie, ob Sie sich für einen Rebellen halten.

FAMILIENBEZIEHUNGEN

Träume von Ihrer Familie können Sorge um andere, das Bedürfnis nach Liebe, Gefühlswärme und Stabilität bedeuten. Sind Sie im Traum ein Kind, könnte die Botschaft Abhängigkeit signalisieren; sind Sie ein Erwachsener mit Kindern, weist die Botschaft vielleicht darauf hin, daß Sie mehr Verantwortungsgefühl brauchen. Träume von Geburt oder Tod stehen möglicherweise für den Beginn oder das Ende eines wichtigen Bereichs in Ihrem Leben, wie eine Arbeit, ein Projekt oder eine Beziehung.

HAARE

Dieses Traumsymbol läßt mehrere Interpretationen zu. Langes, herabwallendes Haar kann einerseits Freiheit von Zwängen bedeuten, andererseits aber auch auf Sinnlichkeit oder – bei einem Mann – ein rebellisches Wesen hinweisen. Bei einem Mann, dessen Haar im Traum abgeschnitten wird, könnte dies auf Angst vor Machtverlust im Alltagsleben oder auf Angst vor dem Verlust der Männlichkeit hinweisen. Bei einer Frau könnte abgeschnittenes Haar ein Opfer darstellen, wie bei einer Nonne, oder Scham wie bei einer Gefangenen.

ESSEN UND TRINKEN

In einem Traum wird das, was Ihr Körper aufnimmt, ein Teil von Ihnen – etwa so, wie ein Urzeitkrieger glaubte, stärker zu werden, wenn er das Herz eines tapferen Widersachers verzehrte. Was essen Sie –

»Beurteilen Sie Ihr Wesen danach, was Sie in Ihren Träumen tun.«

stehen Sie vor einem üppigen Büffet mit gutem Essen oder essen Sie Junk food? Dies könnte bedeuten, daß Ihr Leben aus wertvollen oder wertlosen Aktivitäten besteht. Die Essenszubereitung spielt auf Ihre Fürsorge und Liebe zu anderen an. Hinter Hungergefühlen verbirgt sich vielleicht ein Mangel in Ihrem Leben – gibt es etwas, das Sie wirklich brauchen?

Nacktheit

Sind Sie oder andere Menschen in Ihrem Traum nackt, so ist das ein recht häufiges, aber dennoch komplexes Traumsymbol. Sie müssen auf Ihre Stimmung im Traum achten – fühlen Sie sich verängstigt, entspannt oder sinnlich? Sind Sie die einzige bekleidete Person in Ihrem Traum, verbergen Sie im wahren Leben vielleicht zuviel vor anderen. Sind Sie die einzige nackte Person, möchten Sie vielleicht gern im Mittelpunkt stehen; oder Sie sind vielleicht anderen gegenüber zu offenherzig, dann zeigt Ihnen dieser Traum Ihre Verletzlichkeit.

Nacktheit ist mit Sexualität verbunden und könnte, je nach der Stimmung des Traums, etwas über Ihre Schamgefühle aussagen oder Ihre Angst offenbaren, sexuell unzulänglich zu sein. Andererseits kann ein Traum von Nacktheit auch den Wunsch nach Rückkehr in eine unschuldige Kindheit offenbaren.

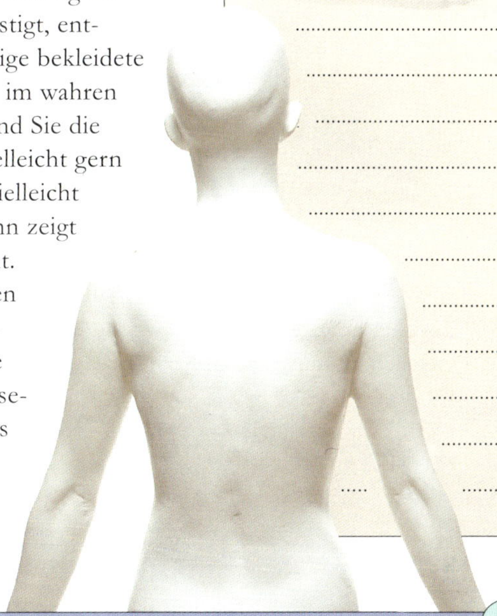

Ihre Träume über das menschliche Leben

Bild	Wie trat es in Erscheinung?	Traum Nr. im Tagebuch

STIMMUNGEN UND EMOTIONEN

DIE STIMMUNG IN EINEM TRAUM ist vielleicht das wichtigste Anzeichen für seine Bedeutung. Wenn Sie im Traum zum Beispiel mit einer Ihnen bekannten Person zusammen sind oder sprechen, enthält der Traum je nach dem, ob Sie sich die ganze Zeit ängstlich, wütend oder beschämt statt friedlich, erregt oder liebevoll erleben, eine andere Botschaft.

Manchmal bleibt einem nach dem Erwachen nur die Stimmung des Traums im Gedächtnis; die Geschichte, der Schauplatz und die Handelnden sind verblaßt, und wir erinnern uns nur an ein starkes Gefühl von Trauer, Angst oder Freude, das manchmal noch Stunden anhält. Wenn Sie diese Stimmungen aufschreiben, lernen Sie zu unterscheiden, ob Ihren Emotionen ein bestimmtes Muster zugrunde liegt.

WAS SAGEN IHNEN IHRE EMOTIONEN?

Manchmal hängt die Stimmung eng mit der Geschichte des Traums zusammen und verstärkt den Trauminhalt. Dann wieder ist die Stimmung völlig anders als die Traumsituation, und hier müssen Sie aufhorchen.

Warum sind Sie bei einem Spaziergang mit einem Freund nervös? Warum sind Sie entspannt und zuversichtlich, wenn Sie im Traum in den Ring steigen, um gegen den Boxweltmeister im Schwergewicht anzutreten? Eine Notiz über die Stimmung, die Menschen, den Ort und die Handlung hilft Ihnen dabei herauszufinden, weshalb Sie in einer bestimmten Situation ein bestimmtes Gefühl empfanden. Vielleicht will Ihnen der Traum vom Spaziergang mit Ihrem Freund sagen, daß Sie sich vor jemandem hüten sollen, den Sie für zuverlässig halten. Vielleicht bedeutet Ihr Traum vom Boxen, daß Sie stärker sind, als Sie dachten. Untersuchen Sie immer ganz genau die Stimmung, denn oft verbirgt sich dahinter der Schlüssel zur Interpretation des Traumes.

SICH AN DIE STIMMUNG ERINNERN

Versuchen Sie lieber, sich an die Stimmung jedes Traumes statt an Ihre Reaktion auf den Inhalt zu erinnern. Träumen Sie beispielsweise vom Tod eines Freundes oder Familienmitglieds, wachen Sie vielleicht mit dem Gedanken an das Ereignis auf und sind traurig. Aber dies könnte Ihre Reaktion im Wachzustand auf den Verlust sein. In Ihrem Traum war diese Person vielleicht quicklebendig; mit dieser Erinnerung überbringt Ihnen Ihr Unbewußtes eine hoffnungsvolle und ermutigende Botschaft. Versetzen Sie sich also noch einmal in den Traum zurück, und versuchen Sie, die Stimmung einzufangen, die tatsächlich herrschte; war sie glücklich und positiv, könnten Sie damit vielleicht über den Verlust hinwegkommen. Ihre Träume sind aller Wahrscheinlichkeit nach eher hilfreich als verletzend oder belastend, wenn Sie sich ihnen auf dem richtigen Weg nähern.

TRÄUME VON GEWALT

Ein Traum, in dem Sie oder ein anderer Gewalt ausüben oder töten, ist beunruhigend, doch es könnte sich dabei um ein Sicherheitsventil handeln, um Spannungen abzubauen, die Sie im Leben empfinden. Jedenfalls ist es besser, jemanden, der Sie verärgert hat, im Traum umzubringen als in Wirklichkeit. Wenn Sie häufig solche Träume von Gewalt haben, sollten Sie zuerst in den Träumen nach einem Hinweis für die Gründe suchen und dann erst in Ihrem Leben.

EROTISCHE TRÄUME

Sie enthalten oft eine starke emotionale Spannung, weil es sich dabei nicht immer um einfaches Wunschdenken handelt; sie können mit Hilfe von Schuld- oder Angstgefühlen darauf hinweisen, daß Sie mehr darauf achten sollten, wie Ihre derzeitige Beziehung aussieht, was Sie dafür tun und was Sie dafür zurückbekommen.

SYMBOLE FÜR EMOTIONEN

In bestimmten Träumen verbirgt sich Ihre Stimmung hinter einem anderen Bild oder einem Symbol.

Aggressiver Kampf

Aus naheliegenden Gründen geht es bei Waffen jeglicher Art meistens um Aggression. Wenn Sie im Traum jemanden erschießen oder ihn mit dem Schwert durchbohren, könnte dies auf sexuelle Aggression, Wut oder Frustration hindeuten. Im Wettstreit verwendete Waffen könnten bedeuten, daß sich in Ihrem Leben ein eher geistiger Kampf abspielt. Ist eine Beziehung in Ihrem wahren Leben vom Kampf geprägt, so daß Ihr Traum Sie davor warnt, daß jemand verletzt werden könnte?

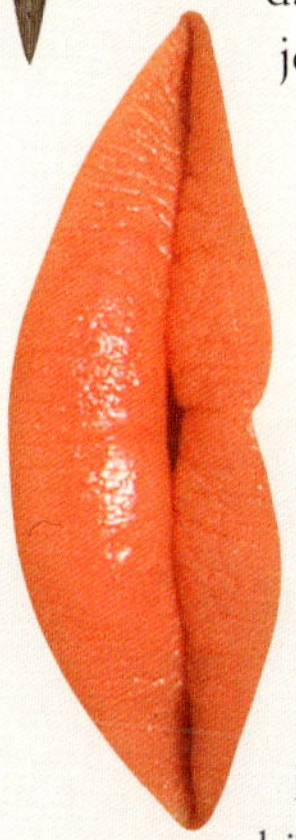

Stimmungen als Farben

Farben (siehe Seite 20) können ein deutlicher Hinweis auf die Stimmung in einem Traum sein. Rot deutet auf Leidenschaft oder Wut hin; Blau wirkt meistens friedlich, kann aber auch sexuelle Frigidität oder eine blockierte Gefühlsreaktion bedeuten. Herrschen dunkle Farben vor, könnte damit eine gedrückte Stimmung oder Unterdrückung gemeint sein.

Wetterwarnungen

Ein Traum von einem Unwetter könnte anzeigen, daß Sie durch stürmische Gefühle gehen. Ein trüber, grauer Tag könnte auf düstere, deprimierte Stimmung hinweisen. Warmes, sonniges Wetter bedeutet meist glückliche Stimmung, aber stickiges, feuchtes Wetter könnte bedeuten, daß Sie sich niedergeschlagen fühlen oder unter Platzangst leiden.

STIMMUNGEN UND EMOTIONEN IN IHREM TRAUM

STIMMUNG/EMOTION	WIE BEEINFLUSSTE DIES IHREN TRAUM?	TRAUM NR. IM TAGEBUCH

BEWEGUNG

NUR WENIGE TRÄUME sind einfache, statische Bilder; meistens bewegen Sie oder die Handelnden im Traum sich wie im Leben oder auch in Filmen.

Die meisten Menschen träumen vom Rennen, Fallen, Fliegen oder Schwimmen, vom Jagen oder Gejagtwerden, vom Autofahren oder davon, Fahrgast zu sein. Darin sind mitunter wichtige Botschaften enthalten.

FALLEN

Dieses sehr häufig vorkommende Traumthema bedeutet meistens, daß Sie sich in Ihrem wahren Leben nicht mehr unter Kontrolle haben und hilflos oder ängstlich sind. Sind Sie gesprungen oder wurden Sie gestoßen? Versuchen Sie verzweifelt, vor Scham oder Verzweiflung davonzurennen, oder haben Sie das Gefühl, jemanden im Stich gelassen zu haben? Sehen Sie sich beim Fallen um, woher und wohin Sie fallen. Achten Sie darauf, ob Sie sich an etwas festhalten können, das Ihren Fall unterbricht, oder versuchen Sie sich daran zu erinnern, daß Sie einen Fallschirm haben, den Sie öffnen können, um sich in Sicherheit zu bringen. Versuchen Sie, sicher zu landen, und achten Sie darauf, ob die Landung hart – möglicherweise eine Warnung, sich in acht zu nehmen – oder weich war. In diesem Fall sind Ihre Ängste wahrscheinlich nicht so gravierend.

FLIEGEN

Für Sigmund Freud (siehe Seite 32) waren Träume vom Fliegen zwar sexueller Natur, und das sind sie manchmal auch, andererseits weisen sie aber auf Ihr Bedürfnis nach Freiheit oder Befreiung oder auf Ihren Wunsch hin, die Probleme der Welt unter Ihnen abzuschütteln. Ob Sie nun wie ein Vogel ganz nach Belieben in die Lüfte steigen oder hinabschießen, oder ob Sie ein Flugzeug lenken und damit Verantwortung für andere tragen, oder ob Sie ein Fahrgast sind, der auf den Flug keinen Einfluß hat – all diese Elemente sagen etwas darüber aus, wie Sie sich in Ihrem Leben fühlen.

VERFOLGUNGSTRÄUME

Dieses Traumthema kommt immer wieder vor und kann einige Verstörung auslösen. Wenn es wieder auftritt, analysieren Sie alle Phasen des Traums. Wissen Sie, wer Sie verfolgt? Ist es eine wirkliche Person, vielleicht jemand, der Sie Ihrer Meinung nach am Arbeitsplatz überflügelt? Oder werden Sie von Ihrem/r Geliebten verfolgt? Vielleicht ist Ihr Verfolger gar kein Mensch, sondern eine gestaltlose Angst, ja sogar ein Aspekt Ihrer Persönlichkeit. Statt in solch einem Fall wegzulaufen, blicken Sie Ihrer Furcht ins Auge und identifizieren Sie sie mit der einfachen Frage: »Wer bist du? Warum verfolgst du mich?« Wenn Sie sich Ihrer

Angst stellen, können Sie vermutlich viel leichter damit umgehen.

SCHWIMMEN

Wasser steht symbolisch für die Gefühle und das spirituelle Leben; wenn Sie in Ihrem Traum schwimmen, könnte dies ein Hinweis auf Ihr inneres oder emotionales Wohlbefinden sein. Befinden Sie sich inmitten eines riesigen Ozeans, oder werden Sie von einem reißenden Fluß davongetragen oder sitzen Sie in einer kleinen, stehenden Pfütze fest? Wenn Sie kraftvoll und zuversichtlich auf ein erreichbares Ziel zuschwimmen, weist dieses positive Zeichen Sie darauf hin, daß Sie mit der eingeschlagenen Richtung zufrieden sind. Ist kein Land in Sicht und werden Sie langsam müde, versuchen Sie sich zu entspannen, vertrauen Sie sich dem Wasser an und lassen Sie sich tragen; das Meer Ihrer Emotionen ist sehr aufgewühlt.

FAHREN

Schnelles Fahren ist ein altbekanntes freudianisches Bild für sexuelle Macht, besonders für Männer, das aber auch – bei Männern und Frauen – auf Machtgelüste hinweisen kann. Damit könnte der Wunsch nach Erfolg gemeint sein oder die Tatsache, daß Sie unbewußt anerkennen, daß Sex oder Machthunger in Ihrem Leben treibende Kräfte sind – besonders wenn das Auto aus der Kontrolle geraten zu sein scheint. Gibt es einen Unfall oder hat das Auto eine Panne, plagen Sie wahrscheinlich starke Ängste, schwach zu sein.

Wenn Sie im Traum durch eine Stadt oder auf einer Landstraße fahren, achten Sie auf das, was Sie sehen, und wer bei Ihnen im Auto sitzt. Dies könnte sich einerseits auf normale häusliche Aktivitäten beziehen, andererseits jedoch auch darauf hinweisen, daß es – da Sie am Steuer sitzen – in Ihrem Leben Bereiche gibt, die Sie genauer erforschen sollten.

DURCH EINEN TUNNEL FAHREN

Dieses Thema hat eine sehr deutliche sexuelle Konnotation, die man bei der Interpretation immer berücksichtigen sollte – die Bedeutung könnte aber auch weiter gefaßt sein. Der Tunnel könnte für unsere Reise durchs Leben oder vielleicht für eine Entdeckungsreise stehen, die Sie in Ihr eigenes Unbewußtes unternehmen müssen. Ein Tunnel ist meistens dunkel und angsteinflößend; vielleicht müssen Sie eine Zeit der Dunkelheit durchstehen. Sitzen Sie im Auto oder in einem Zug, oder gehen Sie zu Fuß durch den Tunnel? Das Auto und der Zug erinnern Sie vielleicht daran, daß Sie nicht allein sind. Falls Sie allein sind, könnte damit eine Situation aus Ihrem wahren Leben gemeint sein, durch die Sie sich allein kämpfen müssen. Achten Sie darauf, wo der Tunnel anfing und wo er aufhört; daraus ergeben sich Hinweise über Ihre derzeitige Lebenssituation.

EINGESPERRT SEIN

Wenn Sie sich in Ihrem Traum nicht oder nur eingeschränkt bewegen können, ist Ihnen vielleicht einfach nur die Bettdecke zu schwer. Oder es heißt, daß Sie sich im Leben in einer Situation gefangen fühlen. Schauen Sie, ob es in Ihrem Traum eine Richtung gibt, in die Sie weitergehen können.

IHRE BEWEGUNGSTRÄUME

BILD	WIE TRAT ES IN ERSCHEINUNG?	TRAUM NR. IM TAGEBUCH

»So erwachte ich, und siehe, es war ein Traum.«

Energie und Kreativität

Manchmal erwachen Sie aus einem Traum und sind verwundert – und manchmal erschöpft – über all das, was geschehen ist. Denn manchmal scheint es, als hätten Sie stundenlang getanzt, Sport getrieben oder eine Kathedrale aus Streichhölzern gebaut. Manchmal sind diese körperlichen oder geistigen Aktivitäten Dinge, die Sie im wahren Leben tun, oft aber auch nicht. Warum bemüht Ihr Unbewußtes dann diese Bilder?

Vermutlich gibt es mehrere Antworten: Wenn Sie einen Großteil Ihres Lebens ernsthafter Arbeit widmen, dann nutzt Ihr Geist vielleicht die Gelegenheit, um ein bißchen zu spielen. Wenn Sie ein ruhiges Leben führen, sind Träume von Sport vielleicht eine Anspielung darauf, daß Sie sich in irgendeiner Form körperlich betätigen sollten. Bringen Ihre Träume Sie in eine ungewohnte Lage, in der Sie Ihre Stärke, Geschicklichkeit oder Schläue einsetzen müssen, um ein Problem zu lösen, zeigen sie Ihnen vielleicht, wie sich ein Problem lösen läßt.

Musik

Ob Sie tatsächlich ein Instrument spielen oder nicht, im Traum musizieren Sie vielleicht oder hören sich Musik an. Musik ist eine der stärksten kreativen Mächte, und obwohl Melodie, Harmonie und Rhythmus allesamt beim Musizieren wichtig sind, kann es sich dabei auch um Metaphern für bestimmte Bereiche Ihres Lebens handeln. Wenn Sie in einer Gruppe oder einem Orchester spielen, sind Sie dann im Takt und im Gleichschritt mit den anderen oder erzeugen Sie Mißklang? Manchmal ist der Name eines Musikstücks der Hinweis auf etwas ganz anderes – es könnte sich um eine Assoziation handeln, vielleicht eine Person, ein Ereignis oder einen Ort, der Ihnen früher viel bedeutete oder auf den Sie jetzt achten sollten.

Malen oder zeichnen

Für Freud waren Federhalter, Stifte und Pinsel zwar Phallussymbole, aber es lohnt sich, auch andere Bedeutungen in Betracht zu ziehen. Zeichnen oder malen Sie etwas, das Sie sich im wahren Leben genauer anschauen müssen? Oder versuchen Sie, im guten wie im schlechten Sinn, Ihre eigene Realität zu erschaffen? Vielleicht schlägt Ihr Traum Ihnen vor, zu zeichnen oder zu malen oder Ihre Träume aufzuschreiben.

Modellieren oder bildhauern

Sehen Sie sich genau an, was Sie in Ihrem Traum machen. Steht das Modell oder die Skulptur für jemanden oder etwas in Ihrem wahren Leben? Vielleicht weist es darauf hin, daß die Lösung zu einem Problem darin liegt, es auf überschaubare Ausmaße zu reduzieren. Oder vielleicht reflektiert es Ihren heimlichen Wunsch, Ihre Probleme kreativ anzugehen.

Schreiben

Wenn Sie einen Brief schreiben – an wen ist er gerichtet, und was steht darin? Vielleicht sollten Sie mit dieser Person im wahren Leben Kontakt aufnehmen. Schreiben Sie einen Artikel, eine Geschichte oder ein Buch, hat sein Inhalt dann Bedeutung für Ihr wahres Leben? Vielleicht sagt Ihr Traum aus, Sie sollten mit anderen mehr in Verbindung sein. Ein Schriftstück voller Kleckse und durchgestrichener Wörter weist Sie unter Umständen darauf hin, beim Kommunizieren mehr achtzugeben.

SCHAUSPIELERN

Im richtigen Leben spielen wir wahrscheinlich viele Rollen. Wir können jederzeit Freund, Geliebter, Elternteil, Kind, Ehegatte, Lehrer, Student und vieles andere sein – manchmal auch mehreres gleichzeitig. Im Traum werden diese unterschiedlichen Rollen je nach Charakter individuell ausgelebt. Solche Träume sind oft sehr aufschlußreich.

Wenn Sie in Ihrem Traum auf einer Bühne stehen oder gefilmt werden, kann dies äußerst bedeutungsvoll sein, denn das Schauspiel ist immerhin eine Art der Lebensdarstellung. Sehen Sie sich an, ob die Handlung irgendeine Bedeutung für Ihr Leben im Wachzustand hat. Sie könnten dabei eine problematische Situation aus Ihrem richtigen Leben ausleben; was lernen Sie aus dieser »Neuinszenierung«? Ein Traum vom Schauspielern sagt eine ganze Menge über Ihr Selbstbild aus – stehen Sie im Mittelpunkt oder im Scheinwerferlicht? Wenn ja, wollen Sie denn so sichtbar sein oder macht Ihnen das angst? Vielleicht sagt Ihr Traum Ihnen, daß Sie sich zu sehr in den Vordergrund spielen. Wenn Sie sich wie in einer Nebenrolle fühlen, sollten Sie im Leben vielleicht eine wichtigere Rolle einnehmen.

Wenn Sie im Traum Lampenfieber haben oder Ihren Text vergessen, könnte dies ein Hinweis auf mangelndes Vertrauen oder Ihre Kommunikationsprobleme sein. Fühlen Sie sich unter der Fuchtel des Direktors oder Autors, wird möglicherweise jede Ihrer Bewegungen im wahren Leben von anderen vorgeschrieben und gelenkt. Vielleicht sagt Ihnen Ihr Traum aber auch, daß Sie wirklich schauspielern beziehungsweise in einem bestimmten Bereich Ihres Lebens etwas Falsches vorgeben. Fragen Sie sich auch, ob Sie aus einer unbedeutenden Sache oder Schwierigkeit, mit der Sie konfrontiert sind, ein Drama machen.

IHRE TRÄUME VON ENERGIE UND KREATIVITÄT

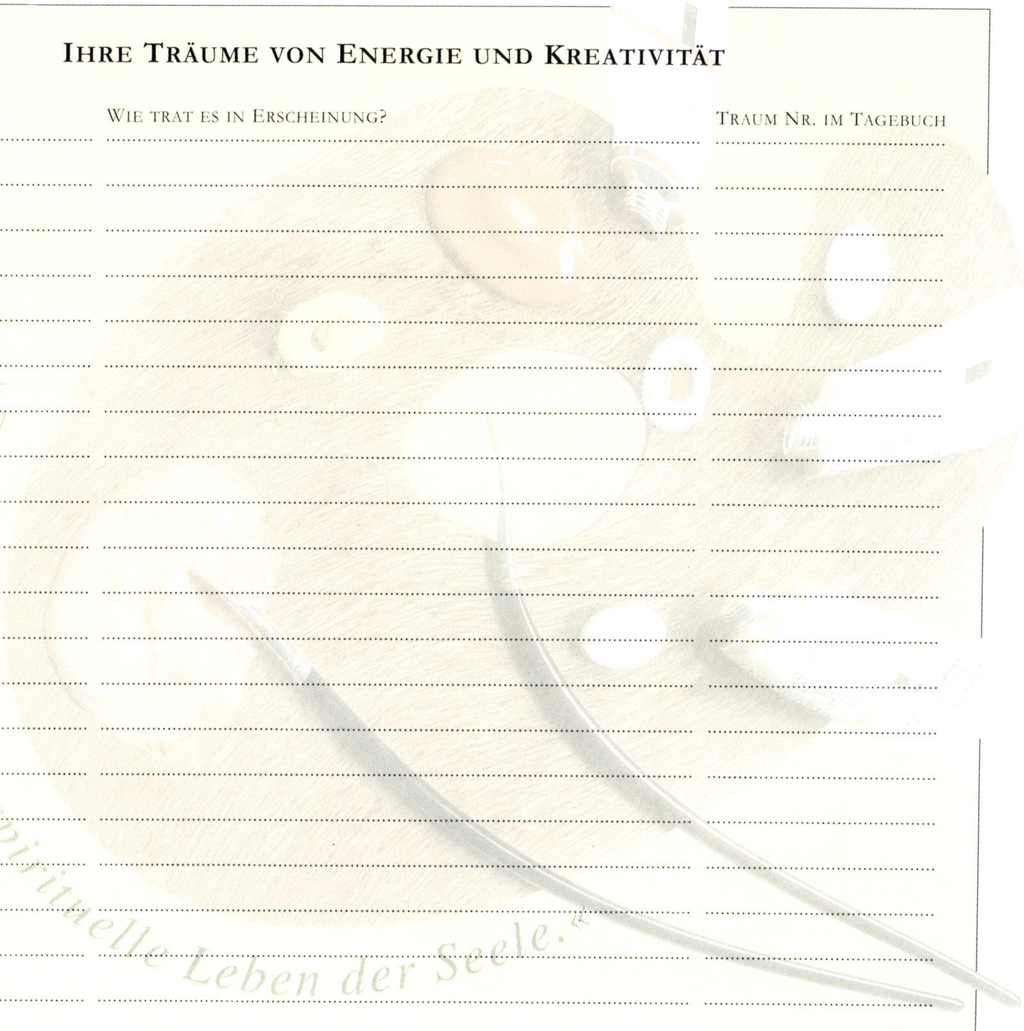

BILD	WIE TRAT ES IN ERSCHEINUNG?	TRAUM NR. IM TAGEBUCH

»Träume sind das spirituelle Leben der Seele.«

DIE NATUR

WENN MENSCHEN an einem fremden Ort aufwachen, fragen sie oft: »Wo bin ich?« Dieselbe Frage sollten Sie in bezug auf Ihre Träume stellen. Der Ort, an dem Sie sich befinden, ist der Schauplatz Ihres Traumes. Die Art der Landschaft gibt Aufschluß darüber, wo Ihr inneres Selbst seinen Platz hat, wohingegen klimatische Bedingungen wie Wind und Regen ein Spiegel Ihrer Stimmung sind.

Träume nehmen oft Bezug auf alte, tiefverankerte Überzeugungen. Bis vor nicht allzulanger Zeit glaubte man beispielsweise, daß alles im Leben (einschließlich der Menschen) aus den vier »Elementen« erschaffen sei: Die Erde bezog sich auf materielle, irdische Dinge; Luft bezeichnete Intellekt, Gedanken und Kommunikation; Feuer stand für Energie, Leidenschaft und Kreativität, und Wasser hatte mit Gefühlen, dem spirituellen Leben und Empfindsamkeit zu tun.

GEBIRGE ODER BERG

Steigen Sie auf einen hohen Berg oder stehen auf dem Gipfel, könnte dies bedeuten, daß Sie in den Himmel oder in die spirituelle Welt hinaufreichen; vielleicht sollten Sie Ihre Aufmerksamkeit auf diesen Teil Ihres Lebens richten. Wenn Sie einen Berg erklimmen, heißt das normalerweise, daß Sie große Anstrengungen unternehmen, um den Gipfel zu erreichen. Laut Freud ist ein in den Himmel ragender Berggipfel ein Phallussymbol, das vielleicht für Ihre sexuellen Wünsche steht. Sanft gerundete Hügel lassen eher an weibliche Brüste denken, und eine Wanderung durch diese Hügellandschaft weist möglicherweise auf das Erforschen sexueller Bereiche hin.

TAL

Treten Sie in ein friedvolles Tal oder einen Einschnitt zwischen zwei sanft gerundeten Hügeln ein, ist dies wahrscheinlich ein sexuelles Bild. Lassen Sie die friedvolle Botschaft in Ihr tatsächliches Sexleben einfließen. Herrscht im Traum hingegen insgesamt eine niedergeschlagene Stimmung und ist das Tal, das Sie betreten, düster und bedrückend, müssen Sie womöglich eine dunkle Zeit durchstehen, bevor Sie am anderen Ende wieder Licht sehen. Sehen Sie sich um, ob in diesem Tal irgend etwas auf den Zweck Ihres Besuches hinweist.

VULKAN

Ein ausbrechender oder schlafender Vulkan drückt männliche Potenz oder aber die Kraft explosiver Wut aus. Beunruhigt Sie dies in Ihrem Traum? Träume von Vulkanen sind weniger eine Warnung davor, allzu wütend zu werden, sondern könnten darauf hinweisen, daß Sie Ihren aufgestauten Ärger und Ihren Frust loswerden sollten, bevor es zum Ausbruch kommt.

MEER, SEE, TÜMPEL ODER FLUSS

Wasser, das Symbol für Ihre Gefühle, ist eines der wichtigsten Traumsymbole. Da Ihr Unbewußtes viel engeren Kontakt zu Ihren Gefühlen hat als Ihr Bewußtsein, halten Ihre Träume viele wichtige Botschaften für Sie bereit.

Um welche Art Wasser handelt es sich in Ihrem Traum? Ein Ozean oder See steht für das weite Meer der Emotionen: Achten Sie darauf, ob es vom Sturm aufgewühlt, still oder sogar völlig glatt ist. Was empfinden Sie in bezug auf das Wasser? Wenn Sie sich abstrampeln oder das Gefühl haben zu ertrinken, welches emotionale Problem beschäftigt Sie gerade?

Wenn Sie an einem Strand stehen, genießen Sie das Meer oder jagt es Ihnen Angst ein? Das könnte anzeigen, daß Sie Angst haben, sich auf Ihre Emotionen einzulassen. Sitzen Sie in einem Boot, könnte dies die Reise Ihres Lebens darstellen.

Ein Tümpel – ob klar und sauber oder trübe und stagnierend – sagt viel über Ihren eigenen Gefühlszustand aus. Ebenso sagt Ihnen ein – reißender oder langsam dahinplätschernder – Fluß ganz genau, wie es um Ihre Gefühle steht.

KLIMA

Dies kann ein Hinweis auf Ihre derzeitige Stimmung sein; ist es sonnig, bewölkt, ruhig oder stürmisch? Regen ist nicht immer negativ zu deuten – er spendet Leben und stellt vielleicht spirituelle Anregung von oben dar. Hitze in Träumen steht für Sinnlichkeit, solange sie als angenehm empfunden wird; eine brennende Wüste weist vielleicht auf ein dürres Leben hin.

BÄUME UND BLUMEN

Ein Baum steht für natürliches Wachstum, die Güte der Natur, Stärke und Stabilität. In vielen alten Religionen werden Bäume verehrt. Wenn also die Äste des Baumes in den Himmel reichen, könnte dies ein Symbol für spirituelles Wachstum sein. Beobachten Sie, wie ein Baum wächst, so könnte dies eine Anspielung auf Reife sein.

Träume über Blumen bedeuten ein naturgemäßes, gesundes Leben und oft auch Sexualität. Einige Blumen haben besondere Bedeutung: Narzissen beispielsweise sind ein Zeichen für den Frühling mit all seinen Versprechungen. Die Rose ist die bedeutungsträchtigste Blume; sie kann für Heimlichtuerei und Spiritualität, aber auch für Jungfräulichkeit oder weibliche Sexualität stehen.

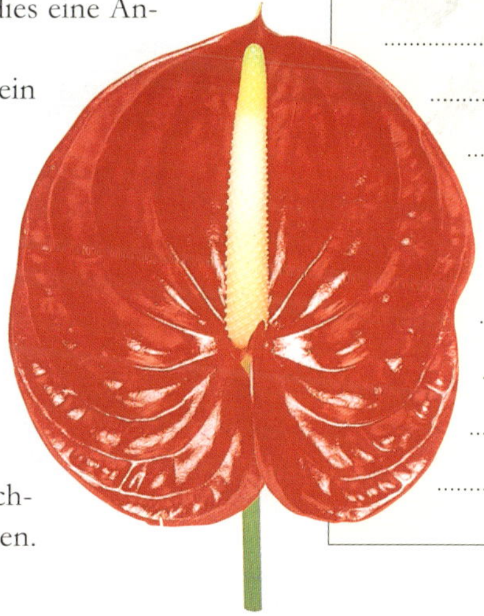

IHRE TRÄUME VON DER NATUR

BILD	WIE TRAT ES IN ERSCHEINUNG?	TRAUM NR. IM TAGEBUCH

»Schlafen: vielleicht träumen.«

»Träumen ist nichts anderes, als im Schlaf denken.«

DIE TIERWELT

GROSSE UND KLEINE TIERE aller Art gehören zu den faszinierendsten Aspekten Ihrer Träume. Bekannte Tiere wie Ihre Katze oder Ihr Hund oder Kühe und Schafe auf der Weide oder Tauben auf einem Marktplatz verhalten sich in Ihrem Traum möglicherweise normal oder aber ungewöhnlich, indem sie sprechen oder Sie geleiten. Dann sollten Sie genau darauf achten, was sie sagen.

Manchmal stellen Tiere einfach sich selbst, manchmal auch Ihnen bekannte Menschen dar (Ihnen fällt bestimmt jemand ein, der sanftmütig wie ein Lamm oder weise wie eine Eule ist) oder auch Teile Ihrer Persönlichkeit. Tiere nehmen in unserer Alltagssprache einen breiten Raum ein, nämlich in Sprichwörtern oder Redensarten; dies machen sich Träume oft zunutze, denken Sie also bei der Traumanalyse daran. Zwar haben die Attribute von Tieren in unterschiedlichen Kulturen unterschiedliche Bedeutung, beachten Sie jedoch die traditionellen Attribute des Tieres und die Bedeutung, die es für Sie persönlich hat.

VÖGEL

Im allgemeinen repräsentieren Vögel ungehinderte Bewegung, den Geist, der sich in die Lüfte erhebt, das Streben oder vielleicht sogar Erreichen hochgesteckter Ziele. Versuchen Sie, die Vogelart zu identifizieren; ein Raubvogel oder eine friedliche Taube symbolisieren eindeutig verschiedene Dinge.

Ein Adler beispielsweise ist der Herr der Lüfte. Aus großer Höhe kann er das Land und die Beute unter sich beobachten. Wenn Sie träumen, Sie seien ein Adler, fühlen Sie sich dann irgendwem überlegen? Fliegt ein Adler mit Ihnen, achten Sie darauf, wo er Sie hinführt und was er Ihnen zeigt.

Ein Vogel im Käfig weist auf Gefangenschaft hin. Fühlen Sie sich gefangen und eingeengt? Versuchen Sie, im Traum die Käfigtür zu öffnen, um wieder frei zu sein. Vielleicht symbolisiert dieser eingesperrte Vogel etwas sehr Schönes in Ihrem Leben, das Sie aber unter Verschluß halten. Vielleicht haben Sie das Gefühl, Sie könnten im richtigen Leben Ihre Flügel nicht ausbreiten und Ihr volles Potential entfalten.

KATZEN

Sie sind zwar wunderschön, geschmeidig und sinnlich, aber kann man ihnen wirklich trauen? Diese unabhängigen, eigenwilligen Geschöpfe sind auch hervorragende Jäger. Könnte die Katze in Ihrem Traum eine Ihnen bekannte Person darstellen? Vielleicht nehmen Sie die Eigenschaften der Katze an sich selbst wahr; oder Ihr Traum will Ihnen sagen, daß Sie sinnlicher oder unabhängiger sein sollten.

HUNDE

Ein Hund gilt oft als zuverlässiger, treuer Freund, ein guter, lebenslanger Gefährte, aber denken Sie daran, von welchem Hund Sie geträumt haben – war es ein grimmiger Wachhund, ein Jagdhund, ein Hirtenhund, ein kleiner Schoßhund? Was empfanden Sie bei diesem Hund? Wissen Sie, wer mit dem Hund gemeint sein könnte? Oder sind Sie selbst der Hund? Analysieren Sie Ihren Traum dahingehend, ob die Attribute des Hundes in Ihrer Persönlichkeit zu schwach oder zu stark ausgeprägt sind.

TIERE VOM BAUERNHOF

Diese Tiere liefern Nahrung und Kleidung oder stehen im Dienst der Menschheit. Eine Kuh liefert Milch und steht daher für Nahrung, ein sicheres, warmes Zuhause und mütterliche Geborgenheit. Ein Stier repräsentiert männliche Kraft oder unbeherrschte Wut. Schafe folgen, ohne viel nachzudenken; vielleicht schließen Sie sich allzu gedankenlos Modeströmungen oder gesellschaftlichen, politischen oder religiösen Überzeugungen an.

JAGD- ODER WILDTIERE

Löwen und Wölfe sind starke, grimmige Tiere, vor denen Sie sich im Traum aber nicht zu fürchten brauchen. Löwen, die ihre Familie beschützen, gelten seit alters her als edle Geschöpfe, während Wölfe in streng hierarchisch gegliederten Rudeln leben und jagen. Sollten Sie in Ihrem Alltagsleben auf irgendeines dieser Attribute achten? Volksmärchen enthalten oft hilfreiche Weisheiten über solche wilden Tiere.

FISCHE

Fische schwimmen frei im Wasser, und Wasser steht in Träumen normalerweise für die Gefühle und die spirituelle Seite des Lebens. Schwimmt ein Fisch in Ihrer Nähe, dann folgen Sie ihm und achten Sie darauf, wohin er Sie führt; vielleicht benötigen Sie in Ihrer derzeitigen Gefühlslage Führung, und die können Sie dem Fisch in Ihrem Traum vertrauensvoll überlassen.

SCHLANGEN

Eine Schlange ist ein komplexes Traumsymbol. Viele Menschen fürchten sich instinktiv vor Schlangen. Doch diese Tiere können auch Weisheit verkörpern und sind, um einen Stab gewunden, ein machtvolles Symbol für Heilung. In der Bibel symbolisiert die Schlange Versuchung und Sexualität. Eine zum Kreis gewundene Schlange bedeutet Wiedergeburt.

SPINNEN

Noch ein widersprüchliches Traumsymbol: Spinnen werden von vielen gefürchtet und gehaßt, aber in der indianischen Kultur stehen sie für Kreativität und in der schottischen Kultur für Ausdauer. Sind Sie im wahren Leben in einem Spinnennetz gefangen? Oder ziehen Sie andere in Ihre Intrigen hinein?

BIENEN

Die als Schwerarbeiter bekannten Bienen liefern Honig und stehen deshalb für die Beschaffung von Nahrung und für Güte. In bestimmten Kulturen ist die Biene auch ein altes Symbol für Weisheit.

IHRE TRÄUME VON DER TIERWELT

BILD	WIE TRAT ES IN ERSCHEINUNG?	TRAUM NR. IM TAGEBUCH

»Wie ein Hund jagt er im Traum.«

FARBEN

WENN IHNEN IN IHREM TRAUM besonders die Farben aufgefallen sind, achten Sie darauf, denn vorherrschende Farben haben verschiedene Bedeutung. Dinge in tiefrotem oder sanftem blauen Licht zu sehen hat mit Sicherheit eine andere emotionale Wirkung. Oft erregt aber die ungewöhnliche Farbe eines Tieres oder die Farbe der Kleidung einer Hauptfigur in Ihrem Traum Ihre Aufmerksamkeit, eben weil sie aus dem Rahmen fällt.

Erscheint die Szene, die Person oder das Tier in Ihrer Lieblingsfarbe, könnten Sie selbst gemeint sein. Gibt es im Traum zwei Farben, die sich beißen, spielen diese vielleicht auf Bereiche des Lebens an, in denen keine Harmonie herrscht.

ROT

Dies ist eine dynamische, aktive, traditionell männliche Farbe. Abhängig vom übrigen Traum könnte Rot Kraft, Aggression, Konflikt oder Gefahr bedeuten. Rot steht auch für die Hitze der Leidenschaft und signalisiert, da es auch die Farbe des Feuers ist, Gefahr. Rot ist auch die Farbe der Wärme und Heiterkeit. Je nach Schattierung ist es die Farbe von Blut und Wein und könnte so auf ein Opfer hinweisen. In bestimmten Situationen bedeutet Rot Stop! oder eine Warnung. Diese Farbe verdient auf jeden Fall Beachtung.

BLAU

Dies ist eine kühle Farbe; eine blaugekleidete Person hält wahrscheinlich eine vernünftige, überlegte Botschaft für Sie bereit, die Sie sich genau anhören sollten. Es ist die Farbe des Intellekts und kann spirituelle Reinheit darstellen – die Jungfrau Maria ist normalerweise blau gekleidet. Hier handelt es sich demnach unter Umständen um eine spirituelle oder moralische Botschaft. Bei Männern könnte sie bedeuten, daß sie auf ihre intuitive, »weibliche« Stimme hören sollen.

GRÜN

Grün, vor allem die Farbe der Natur und Pflanzen, ist auch die Farbe des Frühlings, neuer Anfänge, der Unerfahrenheit und des Fortschritts, kann aber auch je nach Schattierung und natürlich abhängig vom Kontext die Farbe des Giftes sein und damit vor einer verborgenen Bedrohung warnen. In vielen Kulturen bedeutet Grün Eifersucht und Neid – fragen Sie sich, ob Sie im Traum jemanden beneiden – oder er Sie.

GELB

Das helle, fröhliche Gelb der Sonne oder des lebenspendenden Pollens gilt oft als positive Farbe. In manchen Kulturen bedeutet sie aber Feigheit; zeigt Ihr Traum, daß Sie vor etwas davonlaufen? Wenn es ein ekliges Gelb ist, könnte es auf eine Krankheit hindeuten.

PURPUR

Purpur galt als seltene Farbe, die den Reichen vorbehalten war, denn sie wurde von ranghohen Personen wie römischen Senatoren, Bischöfen und Königen getragen. Normalerweise steht sie für Erfolg, Hochachtung oder große Autorität.

GOLD

Gold wird normalerweise mit Königen (Goldkronen) und Wohlstand (Goldmünzen) in Verbindung gebracht. Ist in Ihrem Traum jemand in Gold gekleidet, empfinden Sie dann Ehrfurcht vor ihm? Es könnte sich um eine angesehene Person handeln – vielleicht sogar um eine gottähnliche Gestalt, deren Anweisungen Sie folgen sollten. Gibt es viele goldene Gegenstände, sagt Ihnen Ihr Traum vielleicht, daß Sie zu stark auf die Anhäufung materiellen Besitzes achten.

SILBER

Als weibliches Gegenstück zu Gold wird es mit Göttinnen und Königinnen assoziiert. Wie Gold kann auch Silber Geld, Schmuck und Wohlstand bedeuten. Aber es ist auch die Farbe des Mondes und damit der Dinge, die teilweise verborgen sind. Es kann damit das Unbewußte oder das Esoterische gemeint sein. Oft bezeichnet es eher die innere Spiritualität als das äußere Drumherum einer Religion.

ORANGE

Diese helle, lebhafte Farbe bezeichnet in aller Regel erfreuliche Dinge wie Glück, Gesundheit oder inneren Frieden. Safrangelb ist in einigen östlichen Religionen auch eine spirituelle Farbe.

BRAUN

Dies ist die Farbe der materiellen oder irdischen Welt. Je nach Kontext steht sie für den Boden – eine Quelle guter, gesunder Nahrung. Vielleicht ist damit gemeint, daß Sie tief auf Ihre natürlichen Ressourcen zurückgreifen sollen, um sich zu nähren – oder es könnte Schmutz oder Schlamm sein, der Ihre Sicht trübt und verdunkelt oder Sie nach unten zieht.

WEISS

Dies ist die Farbe der Einheit und Spiritualität, der Vollendung oder des Todes. In Gesellschaften, in denen man bei Beerdigungen Weiß trägt, gilt der Tod eher als Beginn denn als Ende. Wenn Sie die Dinge allerdings in zuviel reinem Weiß sehen, weist das darauf hin, daß Sie für die subtileren Nuancen der Realität blind sind. Vielleicht vernachlässigen Sie wichtige Details in Ihrem Leben oder können Sie nicht sehen?

SCHWARZ

Dies ist eine sehr düstere Farbe – im Grunde genommen ist es das Fehlen von Farbe und Licht, und spirituell gesehen bedeutet es die Abwesenheit von Gott. Fragen Sie sich, was in Ihrem Leben fehlt oder was Sie verheimlichen oder leugnen. Eine von Kopf bis Fuß in Schwarz gekleidete Gestalt wirkt bedrohlich. Ihr Erscheinen könnte eine dunkle Seite Ihrer Persönlichkeit bedeuten, die Sie erforschen müssen. Oder die Schwärze Ihres Traumes ist eine Warnung vor Depressionen. Wenn ja, suchen Sie bei den anderen Farben in diesem oder anderen Träumen nach Hoffnung.

DIE FARBEN IN IHREN TRÄUMEN

FARBE	WIE TRAT SIE IN ERSCHEINUNG?	TRAUM NR. IM TAGEBUCH

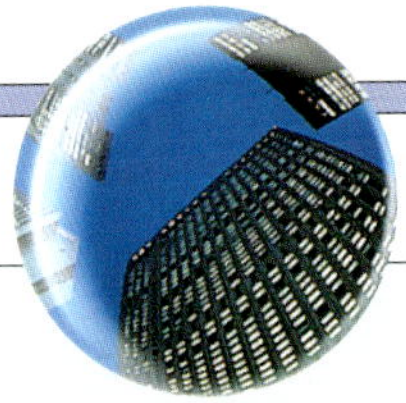

GEBÄUDE UND BAUFORMEN

EIN GEBÄUDE oder eine Bauform in einem Traum läßt sich unterschiedlich interpretieren; sie kann einfach nur ein (bekannter oder unbekannter) Schauplatz für die Geschichte des Traums sein oder eine eigene Bedeutung haben – besonders wenn daran etwas ungewöhnlich ist.

Ein Traum, der in einer Schule spielt, könnte davon handeln, neue Methoden zu lehren oder zu erlernen; ein Traum, der an einer Andachtsstätte spielt, sagt etwas über Ihr spirituelles Leben aus. Eine Bar oder Kneipe ist oft Mittelpunkt des gesellschaftlichen Lebens, ein Büro steht für die Bedingungen am Arbeitsplatz und gibt Auskunft über das Unternehmen und den Status; ein Bahnhof steht für Ihre Begeisterung für oder Angst vor Reisen. Eine Brücke über schwieriges Gelände kann eine Verbindung zwischen zwei Orten oder Ereignissen darstellen. Um herauszufinden, ob dies eine Metapher für zwei Bereiche Ihres Lebens ist, die verknüpft werden sollten, müssen Sie herausfinden, was sich unter der Brücke und an jedem der beiden Enden befindet. Hatten Sie Angst vor der Überquerung oder das Gefühl, daß Sie nur auf diesem Weg ans Ziel Ihrer Wünsche gelangen konnten?

HAUS

In einem Traum steht ein Haus meistens für den Träumer selbst. Achten Sie genau darauf, in welchem Raum Sie sich befinden, denn das ist wichtig. Fühlen Sie sich dort wohl? Ist jemand bei Ihnen? Wer ist das? Ist er ein Gast oder ein Eindringling? Wie sieht der Raum aus? Ist er ordentlich, oder herrscht dort schmutziges Durcheinander? Ist er nüchtern und wenig einladend oder warm und gemütlich? Wenn Sie etwas in einem nicht dafür gedachten Raum tun, zum Beispiel eine Mahlzeit im Badezimmer zubereiten, sagt Ihnen Ihr Traum vielleicht, daß Sie Aspekte Ihrer Persönlichkeit oder Ihres Alltagslebens integrieren müssen.

Wohnzimmer

Dieser Raum stellt das Herz eines Heims und somit Ihr innerstes Selbst, den Kern Ihrer Persönlichkeit dar. Da es der Mittelpunkt des gemeinsamen Miteinanders und des Familienlebens ist, sollten Sie sich darin wohl fühlen. Wenn dies im Traum nicht der Fall ist, finden Sie heraus, was Sie stört.

Herd

Ganz egal, in welchem Raum der Herd steht, er läßt an Geborgenheit, Wärme, Kameradschaft und Häuslichkeit denken.

Dachboden

Dort finden Sie Ihr höheres Bewußtsein oder Ihre spirituellen Ziele. Es ist auch der Ort, an dem man unerwünschte Dinge aufbewahrt. Wenn Sie träumen, auf einem Dachboden zu sein, was sehen Sie? Warum sind Sie dort? Falls Sie dort nach etwas suchen, gibt es vielleicht in Ihrer Persönlichkeit einen Bereich oder Wünsche, die Sie zu lange unterdrückt haben und jetzt wiederfinden möchten.

Flure, Korridore und Passagen

Diese können für weibliche Sexualität stehen und tauchen oft in Träumen auf, die auf sexuelle Sicherheit oder Unsicherheit hinweisen. Welche Stimmung herrscht in Ihrem Traum?

Schlafzimmer

Ein Schlafzimmer ist ein Ort der Ruhe, der Erneuerung und der sexuellen Beziehungen. Wenn Sie hier von Konflikten träumen, müssen Sie Ihren Traum genau anschauen.

Badezimmer

Dies bedeutet eine Reinigung des Geistes oder das Abwerfen von Ballast.

Küche

Dies ist ein Ort praktischer Handlungen, wo man sich die Arbeit mit dem Partner oder Kindern teilt. Wenn Sie im Traum in der Küche Essen zubereiten: Ist das Essen frisch, interessant und appetitlich oder fade und geschmacklos oder sogar verdorben? Die normalerweise warme, einladende Küche steht auch stellvertretend für Nährendes und Liebe.

Keller

Hier liegt das Unbewußte oder jene Dinge, die der Träumer tief begräbt. Wenn Sie sich in einem Keller umsehen, werden Sie Dinge finden, die Sie lieber nicht sehen wollen oder – so hofften Sie – vergessen hatten. Es ist aber wichtig zu wissen, was es dort unten gibt.

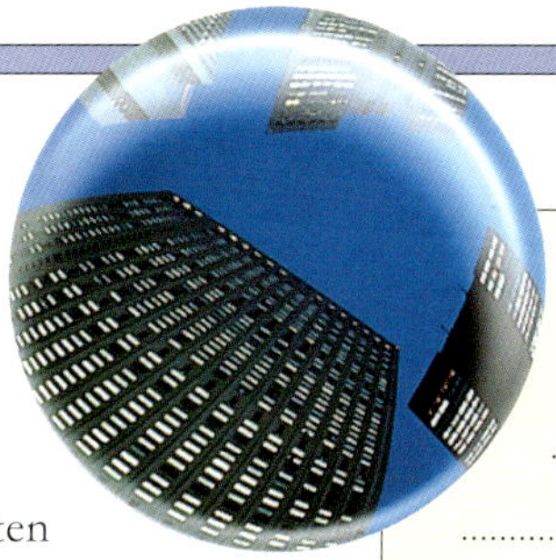

Treppen
Sie können für Geschlechtsverkehr stehen, aber auch bedeuten, daß der Träumer andere Bereiche seiner Persönlichkeit erforscht. Waren sie steil, oder fiel es leicht hinaufzusteigen? Hatten Sie Angst, die Treppen hinunterzufallen, oder war dies für Sie der beste Weg nach oben?

Wände
Wände bedeuten Trennung und ein Abgeschnittensein des Träumers von der äußeren Realität. Wände können Sie beziehungsweise einen Teil Ihrer Persönlichkeit umschließen oder einengen. Andererseits müssen sie stark genug sein, um das Haus zu tragen.

Türen
Sie stehen für die Körperöffnungen. Die Vordertür eines Hauses stellt den Mund, also Kommunikation dar. Ist die Tür in Ihrem Traum offen oder geschlossen? Wenn Sie sie weder öffnen noch schließen können, warum geht das nicht?

Fenster
Sie stehen oft für die Augen, die man auch die Fenster der Seele nennt. Wenn Sie in Ihrem Traum drinnen stehen und nach draußen schauen, was sehen Sie dann? Können andere hineinsehen? Wollen Sie das? Sind die Fenster offen oder geschlossen? Sind die Fenster sauber oder schmutzig? Wenn sie schmutzig sind, sehen Sie die Außenwelt vielleicht durch eine verzerrende Schicht aus Schmutz oder Unglück.

Außerhalb des Hauses
Dies steht für das Bild, das Sie der Welt zeigen. Gibt es in Ihrem Traum einen Zaun, der den Blick auf Ihr Haus und Ihr wahres Selbst verstellt? Sieht Ihr Haus unordentlich und abweisend oder sauber und freundlich aus? Dies sind alles Dinge, auf die Sie reagieren können.

IHRE TRÄUME VON GEBÄUDEN UND BAUFORMEN

BILD	WIE TRAT ES IN ERSCHEINUNG?	TRAUM NR. IM TAGEBUCH

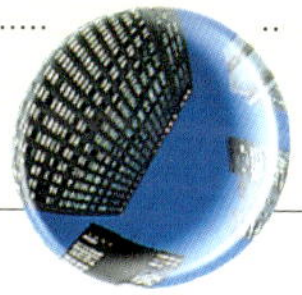

RELIGION UND MYTHOLOGIE

DIE BILDERWELT von Religion und Mythologie spielt im Leben aller Menschen eine große Rolle und taucht oft in unseren Träumen auf. Kirchen, Synagogen und Moscheen, Architekturformen, die wir überall sehen, sind hin und wieder die ungewöhnlichen Schauplätze für unsere Träume. Religiöse Gestalten wie alte Götter, Bischöfe oder Rabbiner können als Traumgestalten auftreten. In diesem Fall erinnert Sie ihr Unbewußtes vermutlich an Ihr spirituelles oder moralisches Leben und nimmt einen geheiligten Ort oder einen religiösen Führer zu Hilfe, um der Botschaft Nachdruck zu verleihen.

RELIGIÖSE BILDER

Wie die Religion arbeiten auch die Träume mit vielen Metaphern. Oft stammen diese aus (Bibel)geschichten oder allseits bekannten Gemälden zu solchen Geschichten: Noah und die Arche, Moses und die Zehn Gebote, Jesus und die Speisung der Fünftausend. In anderen Fällen ist die Metaphorik nicht so deutlich, könnte aber trotzdem eine wichtige spirituelle Botschaft beinhalten: Zwei Stücke bilden ein Kreuz; ein Weinglas stellt einen Kelch dar; hinter jemandes Kopf könnte ein Lichtkranz auftauchen.

MYTHOLOGIE

Auch wenn wir uns nicht eingehend mit anderen Religionen beschäftigt haben, haben doch die meisten von uns eine Ahnung davon, ebenso von der griechischen, römischen und nordischen Mythologie. Manchmal erscheinen religiöse Bilder aus der Antike (oder Anspielungen darauf) als das, was sie sind. Wir träumen vielleicht von Odin, dem einäugigen nordischen Allvater mit seinem Schlapphut und seinen beiden Raben. Wahrscheinlich sind die Gestalten, von denen wir träumen, aber auch verkleidet oder werden durch ursprüngliche Bilder oder Archetypen dargestellt.

ARCHETYPEN

Der Psychologe Carl Gustav Jung (siehe Seite 34) fand heraus, daß sich Menschen vieler unterschiedlicher Religionen und Kulturen anscheinend auf dieselbe Gruppe von Gestalten und Archetypen aus ihrer Mythologie beziehungsweise ihren Träumen stützen. Er stellte die These auf, daß jeder von uns Zugang zu einem »kollektiven Unbewußten« habe, einem riesigen Bilderpool, aus dem unsere Träume gespeist werden. Im folgenden sind einige der wichtigsten Archetypen – und ihre Bedeutungen – aufgeführt, die in Ihren Träumen möglicherweise auftauchen. Lernen Sie diese Archetypen wahrzunehmen.

Der unbedarfte Sucher oder Narr

Oft erscheinen Sie, der Träumer, in Ihrem Traum als naiv oder närrisch; Sie sind scheinbar unreif und auf Ihre Lebensreise nicht vorbereitet. Denken Sie daran, da diese Gestalt des Narren, wie Parzival in den Gralslegenden, auch ein Mensch auf der Suche nach Wissen ist.

Der weise alte Mann

Diese Gestalt könnte in Ihren Träumen als König, Richter, Priester oder Lehrer, als strenger, aber freundlicher Onkel oder als Ihr eigener Vater auftreten – mit anderen Worten: Jemand, von dem Sie vielleicht unbequeme Worte der Weisheit oder moralische Zustimmung oder Ablehnung annehmen.

Die Erdmutter

Sie ähnelt der Gestalt des weisen alten Mannes, bei ihr liegt jedoch das Gewicht mehr auf der weiblichen Weisheit. Wenn sie in Ihren Träumen auftaucht, hält sie vielleicht Botschaften zur Heilung und zur Geburt eines Kindes bereit. Sie ist eine liebevolle, nährende Muttergöttin-Gestalt, die Ihnen aber auch mal eine Ohrfeige verpaßt, wenn Sie es verdient haben.

Der Magier oder Trickster

Hin und wieder bietet eine Traumgestalt eine offensichtlich »magische« Lösung für ein Problem an. Aber aufgepaßt: Der Magier ist auch ein Trickster, so wie die Götter Loki und Pan und die Coyote-Gestalt der Indianer Nordamerikas; jeder dieser Archetypen könnte in der Rolle des Magiers oder Tricksters auftauchen. Manchmal spielt Ihnen Ihr Unbewußtes Streiche.

Anima und Animus

Nach Jung können uns Träume dabei helfen, mit dem »verborgenen Geschlecht« in uns in Berührung zu kommen. Die Anima ist der weibliche Teil einer männlichen, der Animus der männliche Teil einer weiblichen

Persönlichkeit. Da uns die Gesellschaft auf bestimmte Verhaltensweisen konditioniert, können wir den Kontakt mit diesem lebenswichtigen Teil unserer selbst schnell verlieren; in unseren Träumen hat unser inneres Selbst jedoch die Fähigkeit zu sprechen. Für männliche Träumer könnte jede starke, sensible Frauengestalt im Traum die Anima repräsentieren und umgekehrt. Hören Sie auf die Worte dieser Gestalten.

Der Schatten

Jung behauptete, daß wir tief in uns vergrabene Schattenpersönlichkeiten haben, die in vieler Hinsicht das Gegenteil der Personae darstellen, die wir in unserem wirklichen Leben bewußt nach außen projizieren. Der Schatten gibt uns oft Träume ein, von denen unser Bewußtsein angeekelt ist. Wenn Sie in Ihrem wirklichen Leben stark diszipliniert sind, könnte Ihr Schatten zu Anarchie neigen; sind Sie in Ihrem Alltagsleben übertrieben sauber und ordentlich, hat Ihr Schatten möglicherweise seine Freude an extremer Unordnung. Auf die Worte und Handlungen Ihres Schattens im Traum zu achten hilft Ihnen dabei, ein ausgewogener Mensch zu werden.

Ungeheuer

Ihre tiefsten Ängste oder die unangenehmsten Aspekte Ihrer Persönlichkeit tauchen oft als Ungeheur in Ihren Träumen auf. Wenn Sie das nächste Mal solch einem Ungeheuer begegnen, versuchen Sie, Ihren Traum in den Griff zu bekommen: Drehen Sie sich um, sehen Sie das Ungeheuer an und fragen Sie es, was es will.

IHRE TRÄUME ZU RELIGION UND MYTHOLOGIE

BILD	WIE TRAT ES IN ERSCHEINUNG?	TRAUM NR. IM TAGEBUCH

ZWEITER TEIL

IHR TRAUM-TAGEBUCH

IM TRAUMTAGEBUCH ist genügend Platz für 65 Träume sowie für Ihre persönliche Interpretation dazu. Hilfreich ist es, wenn Sie dazu im ersten Teil dieses Buches unter den häufigsten Traumthemen nachschlagen, denn diese liefern Ihnen Anhaltspunkte für die Bedeutung Ihres Traumes. Fällt es Ihnen schwer, sich an Ihre Träume zu erinnern, hilft Ihnen der Hinweis auf der nächsten Seite weiter.

Außerdem enthält dieser Teil kurze Einträge mit weiteren Informationen über Träume und deren Interpretation. Zu den Themen gehören Informationen darüber, wie wir träumen, was Traumanalytiker wie Freud und Jung über Träume zu sagen hatten und weshalb ihre Vorstellungen wichtig sind. Es gibt auch Einträge über berühmte Träume in der Bibel und der Geschichte, darunter auch einige, die Warnungen oder Prophezeiungen sein könnten. Auf Träume in der Volksüberlieferung und Beweise für Wachträume oder Visionen sowie das Phänomen von Menschen, die in ihren Träumen »reisen«, wird ebenfalls eingegangen.

Schreiben Sie Ihre Träume auf

Immer wenn Sie einen interessanten oder beunruhigenden Traum haben, schreiben Sie ihn in dieses Traumtagebuch. Dann können Sie ihn analysieren und festhalten, was Sie daraus über sich selbst erfahren haben. Im Lauf der Zeit wird dieses Traumtagebuch zu einer faszinierenden Geschichte Ihrer Träume und einem wertvollen Leitfaden zu Ihrer Persönlichkeit.

Damit Sie auch wirklich jeden Aspekt eines Traums aufschreiben, sollten Sie ein Notizbuch und einen Stift neben Ihrem Bett bereitlegen. Sobald Sie aus einem Traum erwachen, schreiben Sie ihn so detailliert wie möglich auf; wenn Sie dies auf später verschieben, werden Sie mit größter Wahrscheinlichkeit eine Menge, wenn nicht alles, bereits vergessen haben. Verwenden Sie für Ihre ersten Eindrücke lieber ein Schmierheft als dieses Buch; Ihre Handschrift ist sicher nicht gerade leserlich, wenn Sie noch nicht richtig wach sind. Später können Sie das Geschriebene dann sauber übertragen.

Erinnern Sie sich an die Details

Die ersten Träume, die Sie aufschreiben, sind vielleicht sehr skizzenhaft, weil Sie eine Menge Details vergessen haben oder sich an das Ende des Traumes schon nicht mehr erinnern, wenn Sie mit dem Schreiben bei der Hälfte angelangt sind. Keine Sorge; je mehr Sie üben, desto detaillierter werden Ihre Einträge mit der Zeit.

Viele Menschen schreiben ihre Träume lieber in chronologischer Reihenfolge, mit allen Details, auf. Anderen fällt es leichter, zuerst die wichtigsten Punkte zu Papier zu bringen, dann noch einmal von vorn zu beginnen und die Hintergrundinformationen zu ergänzen. Probieren Sie aus, welche der beiden Methoden Ihnen mehr zusagt. Sobald Sie Ihren Traum aufgeschrieben haben, lesen Sie ihn durch, damit Sie sich an Details erinnern, die Ihnen beim erstenmal entgangen sind. Wenn Sie mehr Details hinzufügen, taucht vielleicht eine ganz andere Version des Traumes auf, oder Ihre erste Version erweist sich vielleicht lediglich als Teil eines viel umfassenderen Traumes. Manchmal erinnern Sie sich dadurch an eine Verbindung zu einem früheren Traum in derselben Nacht oder an einen ähnlichen Traum, den Sie bereits vor einigen Tagen oder Wochen hatten. Notieren Sie diese Begebenheiten (siehe Seite 29). Heben sich bestimmte Aspekte des Traumes besonders deutlich ab, unterstreichen oder markieren Sie sie, denn sie könnten sich als wichtig erweisen. Wenn Sie Ihren Traum durchlesen und Ihre Notizen vervollständigen, merken Sie vielleicht, daß Sie ihn bereits interpretieren – besonders häufig passiert das, wenn die Bedeutung sonnenklar ist. Notieren Sie sofort Ihre ersten Eindrücke. Welche Stimmung herrschte im Traum? Erinnern Sie sich daran, wie Sie sich im Traum fühlten – dies ist ein wichtiger Hinweis darauf, wie der Traum interpretiert werden sollte.

Wenn Sie sich ungefähr zehn Minuten Zeit nehmen, um Ihren Traum aufzuschreiben, werden Sie sich wahrscheinlich auch später noch an ihn erinnern. Wenn Sie nur ein paar Worte zu Papier bringen, dann die Augen schließen und sich wieder schlafen legen, bleiben Ihnen wahrscheinlich nur ein paar zusammenhanglose Worte im Kopf, und Sie wissen nicht mehr, wie sie zusammenpassen.

Die Traumanalyse

Halten Sie später mit Hilfe Ihres ersten Entwurfes und dieses Buchs die wichtigen Traumaspekte im Tagebuch-Teil fest; dazu gehören auch die Stimmung, der Schauplatz, der Inhalt der Geschichte, die Personen, die Farben – alles, was Ihnen als bedeutsam oder ungewöhnlich auffällt. Betrachten Sie nun das Hauptthema des Traumes oder die Symbole, die darin vorkamen. Handelte der Traum, sagen wir, von Menschen, von Gebäuden oder einem der anderen, im ersten Teil aufgeführten Themen, vermerken Sie dies im Tagebuch, schlagen dann im ersten Teil unter »Menschliches Leben« oder »Gebäude und Bauformen« nach und schreiben dort kurz Ihren Traum auf.

Überlegen Sie, inwiefern sich dieser Traum auf Ihr Wachleben bezieht. Lassen Sie Ihren Geist ruhig ein bißchen umherschweifen. Lassen Sie sich von einem Gedanken zum nächsten geleiten; Psychoanalytiker nennen das »freie Assoziation«, eine sehr wirkungsvolle Methode, um die Bedeutung eines Traumes herauszukitzeln.

Lernen Sie aus Ihren Träumen

Blättern Sie im Tagebuch hin und wieder zurück, und lesen Sie sich alle Träume, die Sie festgehalten haben, und alle spezifischen Themenbezüge im ersten Teil durch. Die Inhalte und Details der Geschichte mögen sich zwar unterscheiden, aber es werden immer wieder dieselben Ideen vorkommen. Fragen Sie sich, was Ihr Unbewußtes Ihnen mitteilen will. Deutet es an, daß Sie irgend etwas verändern sollten? Wiederholen sich gewisse Themen, so notieren Sie, ob Ihnen im Lauf der Zeit irgendwelche Unterschiede aufgefallen sind.

Ihre wiederkehrenden Träume

Ein bestimmter Traum, der immer wieder vorkommt, kann wertvolle Einblicke in Ihr Unbewußtes liefern: Wahrscheinlich weist er Sie auf ein Problem hin, mit dem Sie sich auseinandersetzen müssen – Angst, Sorge, mangelndes Selbstvertrauen in einem bestimmten Lebensbereich. Ein wiederkehrender Traum kann zwar oft sehr beunruhigend sein, aber wenn Sie ihn niederschreiben und analysieren, machen Sie sich mit ihm vertraut, verstehen seine Botschaft und lernen daraus. Der Traum ist sicher nicht immer genau derselbe. Der Ort oder das Ergebnis könnte verschieden sein: Wenn sie beispielsweise träumen, Sie laufen vor jemandem oder etwas davon, kommen Sie auf der Flucht manchmal weiter und manchmal nicht so weit. Vielleicht verhalten sich die Menschen im Traum jedesmal anders. Auch die Stimmung kann umschlagen. Achten Sie genau auf solche Abweichungen, denn sie spiegeln höchstwahrscheinlich die Veränderungen in Ihrem Alltagsleben wider, sobald Sie ein Problem in Angriff nehmen.

Wiederkehrendes Bild	Bemerkungen	Traum Nr. im Tagebuch

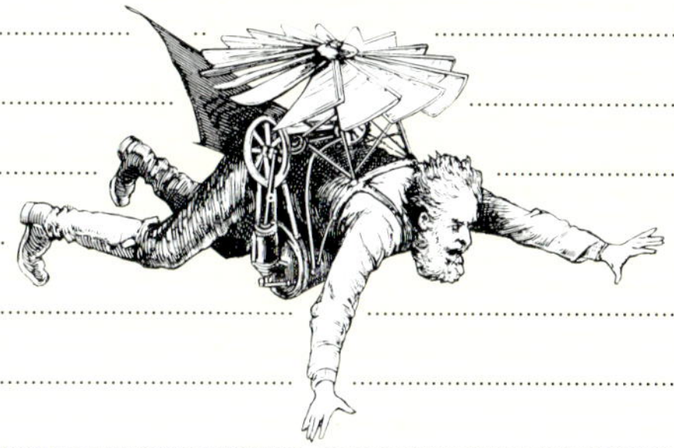

Traum 1

Ihr Traum

Stimmung

Farben

Zahlen

Gegenstände

Interpretation

Datum des Traumes

Traum 2

Ihr Traum

Stimmung

Farben

Zahlen

Gegenstände

Interpretation

Datum des Traumes

Schlafen und Träumen

Wir träumen nicht nur, sondern viele von uns haben auch mehrere Träume pro Nacht, auch wenn wir uns nicht daran erinnern können. Wissenschaftler können sagen, wann Schlafende träumen, indem sie deren schnelle Augenbewegungen (REM – rapid eye movements), Gehirnströme und den Puls überwachen. Während des normalen Schlafes haben wir vier oder fünf, jeweils neunzig Minuten lange Zyklen mit jeweils vier verschiedenen Schlafebenen. Die (traumlosen) Tiefschlafebenen dauern in der Anfangsphase des Schlafes länger, aber im Lauf der Nacht werden die Zeiten leichten REM-Schlafes (wenn wir träumen) länger. Deshalb erwachen wir morgens oft aus einem Traum. Ganz eindeutig erfrischt Schlafen den Körper, aber wenigen Menschen ist bewußt, daß Träumen notwendig ist, denn Träume wirken geistig belebend. Experimente mit Schlafentzug haben gezeigt, daß vermutlich weniger der Schlafmangel die Menschen verstört, als vielmehr der Traumentzug. Doch wir haben noch keinerlei Erklärungen dafür, was Träume wirklich sind oder warum wir träumen. Die wahrscheinlichste Theorie ist die, daß Träume eine Folge davon sind, daß das Gehirn in seinem Kurzzeitgedächtnis alle Ereignisse des Tages durchforstet, einige davon im Langzeitgedächtnis speichert und den Rest aussortiert. Selbst wenn einige Träume wie Zufallsbilder erscheinen, haben viele davon doch zusammenhängende Inhalte. Die Traumanalytiker sind überzeugt, daß uns unser Unbewußtes im Traum dabei hilft, uns selbst zu verstehen.

„Träume sind so lange wahr, wie sie dauern, und leben wir nicht in Träumen?"

Traum 3

Ihr Traum

Stimmung

Farben

Zahlen

Gegenstände

Interpretation

Datum des Traumes

Traum 4

Ihr Traum

Stimmung

Farben

Zahlen

Gegenstände

Interpretation

Datum des Traumes

Traum 5

Ihr Traum

Stimmung

Farben

Zahlen

Gegenstände

Interpretation

Datum des Traumes

TRAUM 6

IHR TRAUM

STIMMUNG

FARBEN

ZAHLEN

GEGENSTÄNDE

INTERPRETATION

DATUM DES TRAUMES

SIGMUND FREUD

Sigmund Freud (1856-1939), bekannt als »Vater« der Psychoanalyse, zeigte in der Neuzeit als erster auf, daß man aus seinen Träumen etwas über sich selbst erfahren kann. Freud zog den Schluß, die meisten Träume handelten von unseren geheimen sexuellen Phantasien und Ängsten. Er glaubte, daß unser Bewußtsein oft von unseren heimlichen Wünschen abgestoßen sei und diese dringenden Bedürfnisse unterdrücke, weil wir uns dafür schämen oder uns beunruhigt fragen, was andere von uns denken, wenn sie davon erfahren. Unser Unbewußtes hat jedoch uneingeschränkten Zugang zu diesen verborgenen Wünschen und lenkt oft die Aufmerksamkeit in unseren Träumen darauf. Man kann einwenden, daß Freuds Vorstellungen zu weit hergeholt waren; in seinen Augen wurde fast alles in einem Traum zum Symbol irgendeines unterdrückten Bedürfnisses (ein schnelles Auto, ein Zug im Tunnel, ja sogar ein Bleistift konnte ein sexuelles Symbol sein). Seine Terminologie wird zwar weithin noch verwendet, aber die meisten Analytiker äußern sich heutzutage kritisch zu seinen Lehren. Fest steht allerdings, daß unser Unbewußtes ehrlicher sein kann als unser Bewußtes – und dieser Prozeß der Selbstentdeckung macht die Traumanalyse zu einer aufschlußreichen Disziplin.

TRAUM 7

IHR TRAUM

STIMMUNG

FARBEN

ZAHLEN

GEGENSTÄNDE

INTERPRETATION

DATUM DES TRAUMES

Traum 8

Ihr Traum

Stimmung

Farben

Zahlen

Gegenstände

Interpretation

Datum des Traumes

Traum 9

Ihr Traum

Stimmung

Farben

Zahlen

Gegenstände

Interpretation

Datum des Traumes

Traum 10

Ihr Traum

Stimmung

Farben

Zahlen

Gegenstände

Interpretation

Datum des Traumes

»Wir sind aus dem selben Stoff wie Träume gemacht, und unser kleines Leben ist in Schlaf gehüllt.«

TRAUM 11

IHR TRAUM

STIMMUNG

FARBEN

ZAHLEN

GEGENSTÄNDE

INTERPRETATION

DATUM DES TRAUMES

CARL GUSTAV JUNG

Carl Gustav Jung (1875-1961) begann als Student von Freud (siehe Seite 32), entwickelte später seine eigenen Vorstellungen über die Bedeutung der Träume und leistete wertvolle Beiträge zur Traumanalyse. Er entwarf die Vorstellung des Kollektiven Unbewußten, eines großen, gemeinsamen Pools archetypischer Bilder, aus dem Menschen aller Kulturen im Traum schöpfen. Jung war nicht nur Psychotherapeut, sondern auch Philosoph und befaßte sich unter anderem intensiv mit der Mythologie. Er fand heraus, daß dieselben Ideen in den Mythen verschiedener Kulturen immer wieder auftauchten. Das heißt, daß, auch wenn einige Ihrer Traumsymbole auf Sie persönlich zugeschnitten sind, viele davon jenen ähnlich sein werden, von denen auch andere Menschen träumen.

Jung glaubte, daß Träume viel mehr sind als nur Symbole unterdrückter sexueller Wünsche. Der Inhalt eines Traums, so folgerte er, sowie der rote Faden und die Darsteller darin sind ebenfalls wichtig. Ganz oft lehnen sich diese an antike Mythen an; religiöse Rituale, astrologische Symbole und die antiken Götter tauchen selbst in den Träumen von Menschen auf, die weder Kenntnis von noch Interesse an Religion oder Mythologie haben.

Viele von Jungs Ideen gingen in die New-Age-Therapien und -philosophien ein und bilden den Hintergrund zu einigen alternativen religiösen Bewegungen.

TRAUM 12

IHR TRAUM

STIMMUNG

FARBEN

ZAHLEN

GEGENSTÄNDE

INTERPRETATION

DATUM DES TRAUMES

Traum 13

Ihr Traum

Stimmung

Farben

Zahlen

Gegenstände

Interpretation

Datum des Traumes

Traum 14

Ihr Traum

Stimmung

Farben

Zahlen

Gegenstände

Interpretation

Datum des Traumes

Traum 15

Ihr Traum

Stimmung

Farben

Zahlen

Gegenstände

Interpretation

Datum des Traumes

»Wahr sind die Träume der Götter, und sanft ziehen ihre Freuden in einem unsterblichen Traum vorbei.«

Traum 16

Ihr Traum

Stimmung

Farben

Zahlen

Gegenstände

Interpretation

Datum des Traums

Traum 17

Ihr Traum

»Allein der Traum ist von Bedeutung. Was ist ein Leben ohne Träume?«

Stimmung

Farben

Zahlen

Gegenstände

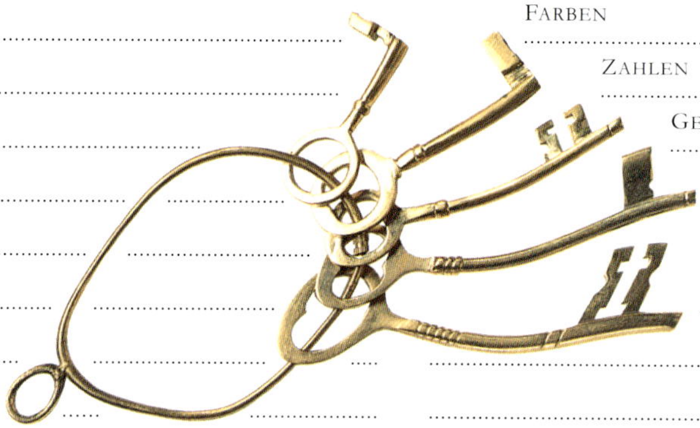

Interpretation

Datum des Traums

Traum 18

Ihr Traum

Stimmung

Farben

Zahlen

Gegenstände

Interpretation

Datum des Traums

TRAUM 19

IHR TRAUM

STIMMUNG

FARBEN

ZAHLEN

GEGENSTÄNDE

INTERPRETATION

DATUM DES TRAUMS

TRAUM 20

IHR TRAUM

STIMMUNG

FARBEN

ZAHLEN

GEGENSTÄNDE

INTERPRETATION

DATUM DES TRAUMS

BIBLISCHE TRÄUME

Die Bibel liefert Beweise dafür, daß die Menschen schon immer ihre Träume interpretiert haben. Der vermutlich bekannteste ist der Traum des Pharao von den sieben fetten und sieben mageren Kühen, den sieben fetten und den sieben verdorrten Kornähren, die Joseph als die sieben Jahre des Überflusses und die sieben Jahre der Hungersnot interpretierte. Ob dieser Traum eine Warnung von Gott war oder nicht – er unterstreicht doch, wie wichtig es ist, im Traum auftauchende Zahlen zu notieren (siehe Seite 46). In biblischen Zeiten sprach Gott manchmal durch Träume zu den Menschen. In der bekannten Weihnachtsgeschichte im Matthäus-Evangelium »erschien der Engel des Herrn Joseph in einem Traum« und drängte ihn, eilends mit dem kleinen Jesuskind nach Ägypten zu fliehen, um so dem König Herodes zu entkommen. Der heilige Petrus sah in einem Traum Tiere und Vögel in einem großen Bettlaken und hörte, wie eine Stimme ihn aufforderte, sie zu töten und zu verzehren. Er wandte ein, einige Tiere seien »unrein«, so daß ein Jude sie nicht essen könne, und erhielt zur Antwort: »Was Gott für rein erklärt hat, das erkläre du nicht für unrein!« (Apostelgeschichte 10:10-17). Und als zahlreiche Nichtjuden sich bei Petrus' Haus einfanden, erkannte er die Bedeutung seines Traums: Er sollte sie willkommen heißen und zu ihnen predigen, denn »Gott hat mir gezeigt, daß ich keinen Menschen als unrein oder unberührbar betrachten soll«.

TRAUM 21

IHR TRAUM

STIMMUNG

FARBEN

ZAHLEN

GEGENSTÄNDE

INTERPRETATION

DATUM DES TRAUMS

»... Träume zu träumen, die kein Sterblicher jemals zu träumen wagte

TRÄUME, DIE DIE GESCHICHTE VERÄNDERTEN

Nicht greifbar und flüchtig wie Träume sind, wurden sie schon seit frühester Zeit als machtvolle Botschaften von den Göttern ausgelegt, die die Menschen anleiteten, so zu handeln, daß es den Lauf der Geschichte veränderte. Es heißt, der Prophet Mohammed (570-623) habe nicht nur die Träume seiner Schüler gedeutet, sondern auch große Teile des Koran im Traum »übermittelt« bekommen.

Alexander der Große (356-323 v. Chr.) träumte von einem Naturgeist, einem Satyr, der auf seinem Schild tanzte, griff daraufhin die Stadt Tyros an und eroberte sie. Die französische Nationalheldin Jeanne d'Arc (1412-1431) glaubte, Gott habe sie in ihren Traumvisionen angewiesen, Frankreich vor den Engländern zu retten (siehe Seite 54). Der französische Kaiser Napoleon Bonaparte (1769-1821) sah in seinen Träumen ganze militärische Feldzüge und stellte sie, sobald er aufgewacht war, mit Spielzeugsoldaten in einer Sandgrube nach. Im Zweiten Weltkrieg veranlaßte ein Traum von herabfallendem Geröll Hitler dazu, einen Bunker zu verlassen, der wenige Minuten später durch eine Granate zerstört wurde, wobei alle darin ums Leben kamen.

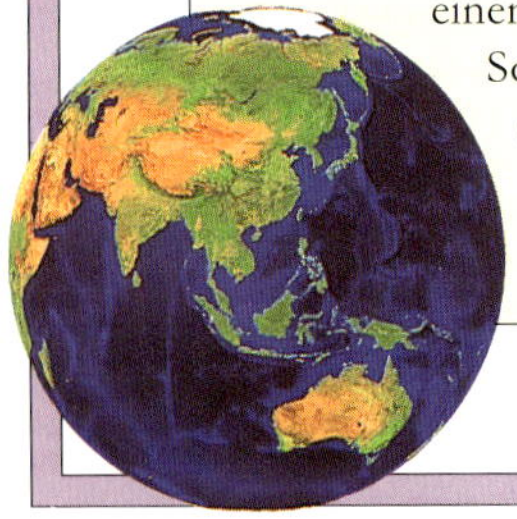

TRAUM 22

IHR TRAUM

STIMMUNG

FARBEN

ZAHLEN

GEGENSTÄNDE

INTERPRETATION

DATUM DES TRAUMS

Traum 23

Ihr Traum

Stimmung

Farben

Zahlen

Gegenstände

Interpretation

Datum des Traums

ein Traum ist nur ein Schatten...

Traum 24

Ihr Traum

Stimmung

Farben

Zahlen

Gegenstände

Interpretation

Datum des Traums

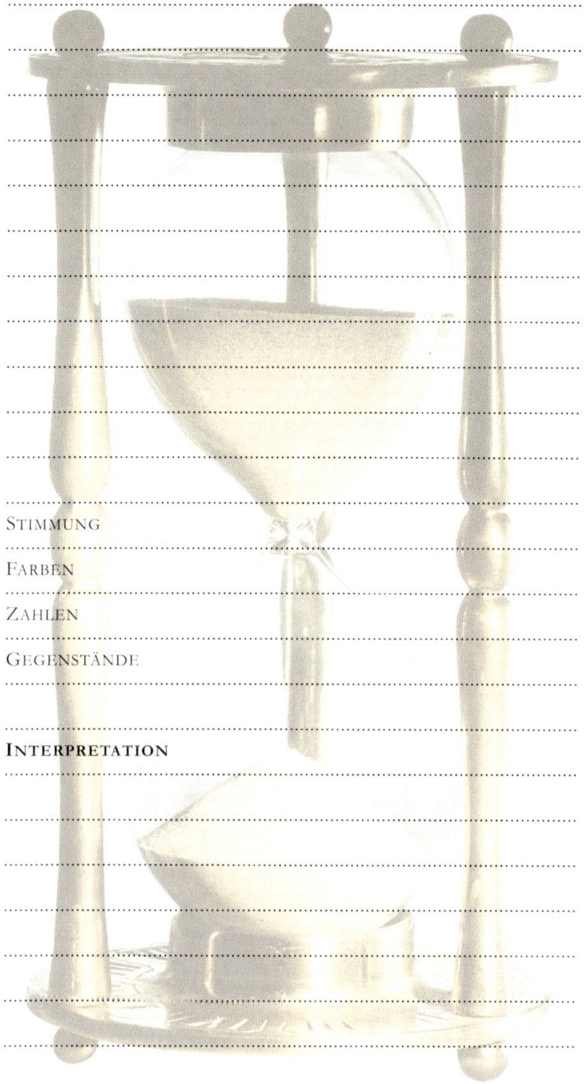

Traum 25

Ihr Traum

Stimmung

Farben

Zahlen

Gegenstände

Interpretation

Datum des Traums

TRAUM 26

IHR TRAUM

STIMMUNG

FARBEN

ZAHLEN

GEGENSTÄNDE

INTERPRETATION

DATUM DES TRAUMS

TRAUM 27

IHR TRAUM

STIMMUNG

FARBEN

ZAHLEN

GEGENSTÄNDE

INTERPRETATION

DATUM DES TRAUMS

WARNTRÄUME

Träume enthalten oft Bilder, die wir als Warnungen vor einem künftigen Ereignis in unserem Leben wahrnehmen. Es gibt viele Geschichten von Menschen, die behaupten, ihre Träume hätten sie »gerettet«. Der Traum von einem Flugzeugunglück am Vorabend einer Flugreise kommt häufig vor, trotzdem stornieren nur wenige Menschen deshalb ihre Reise. Meistens passiert mit dem Flugzeug nichts. Wenn Sie etwas Ähnliches träumen, bedeutet es wahrscheinlich, daß Ihr Unbewußtes etwas, das Sie beunruhigt, mit in den Traum aufgenommen hat und so Ihre Aufmerk-

samkeit darauf lenkt. Das sicher berühmteste Beispiel für einen Warntraum war, als mehrere Passagiere, die vom Untergang der Titanic geträumt hatten, in letzter Minute beschlossen, diese Reise nicht anzutreten.

Einer dieser Träumer war ein Londoner Geschäftsmann, Mr. J. Connor Middleton, der im Traum das Schiff kentern und die Menschen im Wasser treiben sah. Er stornierte seine Reise und blieb am Leben. Wenn Sie einen bestimmten Warntraum haben – daß beispielsweise die Bremsen Ihres Autos versagen oder Sie eine Reifenpanne haben –, kann es nicht schaden, wenn Sie Ihr Auto überprüfen lassen. Ihr Unbewußtes hat möglicherweise registriert, daß etwas nicht in Ordnung ist, und teilt Ihnen das mit; oder es sagt Ihnen einfach, daß Sie Angst vorm Autofahren haben.

Traum 28

Ihr Traum

Stimmung

Farben

Zahlen

Gegenstände

Interpretation

Datum des Traums

Traum 29

Ihr Traum

Stimmung

Farben

Zahlen

Gegenstände

Interpretation

Datum des Traums

Traum 30

Ihr Traum

Stimmung

Farben

Zahlen

Gegenstände

Interpretation

Datum des Traums

„Ich habe meine Träume unter deine Füße gebreitet, tritt sanft auf, denn du trittst auf meine Träume.“

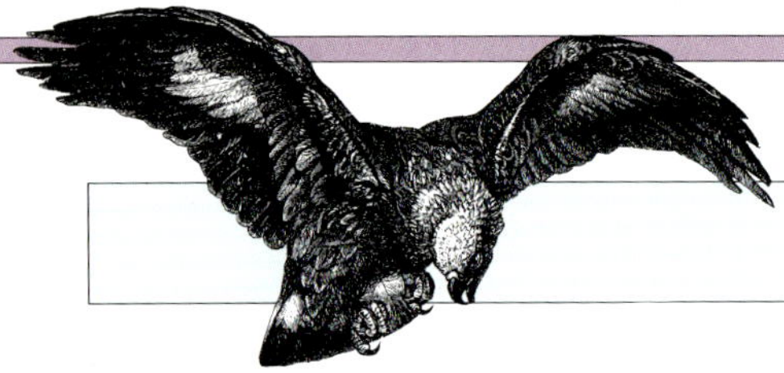

Traum 31

Ihr Traum

Stimmung

Farben

Zahlen

Gegenstände

Interpretation

Datum des Traums

»Wie viele Ihrer Tagträume würden sich zu Alpträumen verdüstern

Prophetische Träume

Von den unzähligen Träumen, die jede Nacht auf der ganzen Welt geträumt werden, werden einige aller Wahrscheinlichkeit nach wahr. Und doch – ist es wirklich nur ein Zufall, daß mehrere Menschen wenige Tage vor der Ermordung Präsident Kennedys von diesem Ereignis träumten? Oder haben einige Menschen die Gabe, in ihren Träumen die Zukunft vorherzusehen? Könnten wir die Zukunft mit einiger Genauigkeit in unseren Träumen vorhersagen, wären die Buchmacher bald arbeitslos. Wer könnte der Versuchung widerstehen, auf eine »todsichere Sache« – ein Pferd, einen Hund, ein Ballspiel oder die Lotterie – zu wetten? Ein Mann, der in den vierziger Jahren auf seine Träume hörte, war der englische Peer Lord Killbracken. Zusammen mit seinen Freunden schloß er erfolgreiche Wetten ab, nachdem ihm ein Traum die Gewinner mehrerer Pferderennen offenbart hatte.

Manche Menschen haben so präzise Träume, daß selbst die Polizei bereit ist, ihren »heißen Tips« bei schwierigen Fällen nachzugehen. Wenn Sie die Gültigkeit eines prophetischen Traums beweisen wollen – sei es ein Flugzeugunglück, ein Mord, ein Börsencrash oder ein anderes bemerkenswertes Ereignis –, sollten Sie ihn aufschreiben und jemandem geben, bevor das Ereignis eintritt.

Traum 32

Ihr Traum

Stimmung

Farben

Zahlen

Gegenstände

Interpretation

Datum des Traums

TRAUM 33

IHR TRAUM

STIMMUNG

FARBEN

ZAHLEN

GEGENSTÄNDE

INTERPRETATION

DATUM DES TRAUMS

wenn die Gefahr bestünde, daß sie sich bewahrheiten!«

TRAUM 34

IHR TRAUM

STIMMUNG

FARBEN

ZAHLEN

GEGENSTÄNDE

INTERPRETATION

DATUM DES TRAUMS

TRAUM 35

IHR TRAUM

STIMMUNG

FARBEN

ZAHLEN

GEGENSTÄNDE

INTERPRETATION

DATUM DES TRAUMS

Traum 36

Ihr Traum

Stimmung

Farben

Zahlen

Gegenstände

Interpretation

Datum des Traums

Kreative Träume

Viele Schriftsteller und Künstler haben sich von ihren Träumen zu ihren Werken inspirieren lassen. Einer der berühmtesten war der Dichter Samuel Taylor Coleridge, der aus einem Opiumtraum von Kubla Khan erwachte und ein langes, vollständiges Gedicht im Kopf hatte. Als er gerade dabei war, es aufzuschreiben, wurde er leider von »einer Person aus Porlock« gestört. Diese Redewendung hat seither Eingang in die englische Sprache gefunden; sie bedeutet eine unwillkommene Unterbrechung, denn bis der Besucher sich verabschiedete, hatte Coleridge den Rest des Gedichtes vergessen und konnte es daher nie vollenden. Mary Shelley schrieb *Frankenstein oder der moderne Prometheus* im Anschluß an einen sehr lebhaften Traum. Einige Ideen in Robert Louis Stevensons Buch *Dr. Jekyll und Mr. Hyde* stammten aus seinen aufwühlenden Träumen. Wenn Sie künstlerisch veranlagt sind, schreiben Sie Ihre Träume nicht nur auf, sondern zeichnen oder malen Sie sie. Die Farben, oft auch die Stimmung und die Gefühle eines Traums lassen sich visuell leichter einfangen. Damit es Ihnen nicht so ergeht wie Coleridge, sollten Sie mit der Arbeit sofort nach dem Aufstehen beginnen – und sich nicht stören lassen.

Traum 37

Ihr Traum

Stimmung

Farben

Zahlen

Gegenstände

Interpretation

Datum des Traums

Traum 38

Ihr Traum

Stimmung

Farben

Zahlen

Gegenstände

Interpretation

Datum des Traums

Traum 39

Ihr Traum

Stimmung

Farben

Zahlen

Gegenstände

Interpretation

Datum des Traums

Traum 40

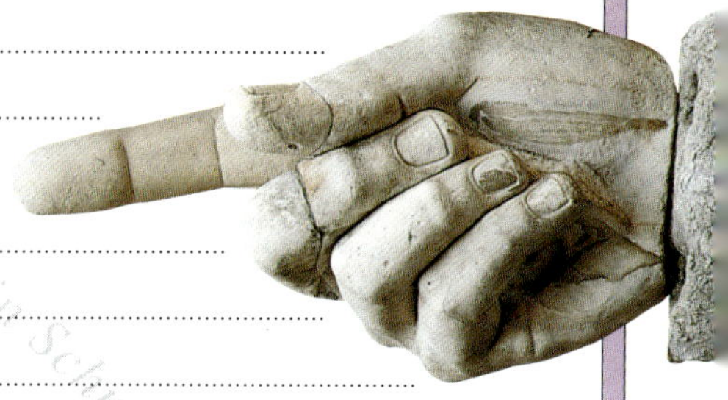

Ihr Traum

Stimmung

Farben

Zahlen

Gegenstände

Interpretation

Datum des Traums

»War ich ein Mensch, der träumte, ein Schmetterling zu sein, oder bin ich jetzt ein Schmetterling, der träumt, er sei ein Mensch?«

TRAUM 41

IHR TRAUM

STIMMUNG

FARBEN

ZAHLEN

GEGENSTÄNDE

INTERPRETATION

DATUM DES TRAUMS

TRAUM 42

IHR TRAUM

STIMMUNG

FARBEN

ZAHLEN

GEGENSTÄNDE

INTERPRETATION

DATUM DES TRAUMS

ZAHLEN UND IHRE BEDEUTUNG

Zahlen, die im Traum auftauchen, seien es einfache Ziffern oder eine sich wiederholende Anzahl von Gegenständen, können einen Sinn haben. Die Bedeutung bestimmter Zahlen ist Ihnen vielleicht bekannt, wie zum Beispiel eine Hausnummer oder ein Datum oder Zahlenspiele. Zahlen haben auch eine alte symbolische Bedeutung. Ob wir uns nun eingehend mit Mythologie, Religion oder Philosophie beschäftigt haben oder nicht, wir sind uns dieser Bedeutungen unbewußt bewußt.

0 Jahreskreis, Reinkarnation, Nichts.
1 Einheit, ein Gott, das Individuum, das Männliche.
2 Paare, Gegensätze, Gleichgewicht, Wahl, das Weibliche.
3 Die christliche Dreieinigkeit, die Grazien, die Familie; Vergangenheit, Gegenwart und Zukunft.
4 Materie, Stärke, Solidität, die vier Elemente, die Jahreszeiten, die Evangelien.
5 Die Natur, der Mensch, esoterische Spiritualität.
6 Judentum (der Davidsstern), Schöpfung, Sex.
7 Heiligkeit, die sieben Regenbogenfarben, die Säulen der Weisheit, die Weltwunder.
8 Praktische Veranlagung, Unendlichkeit (liegende Acht), der Achtfache Weg der Weisheit bei den Buddhisten.
9 Erfolg, Vollendung (wie bei der Schwangerschaft), chinesische und buddhistische Spiritualität.
10 Die Gebote, die vollkommene Zahl bei den Hindus.
12 Die Apostel, die Tierkreiszeichen.

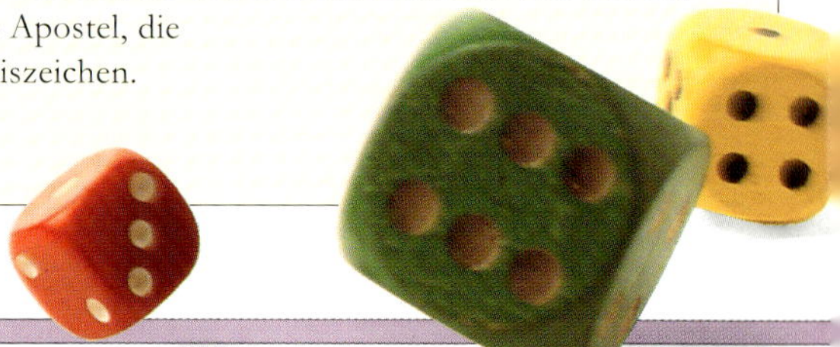

Traum 43

Ihr Traum

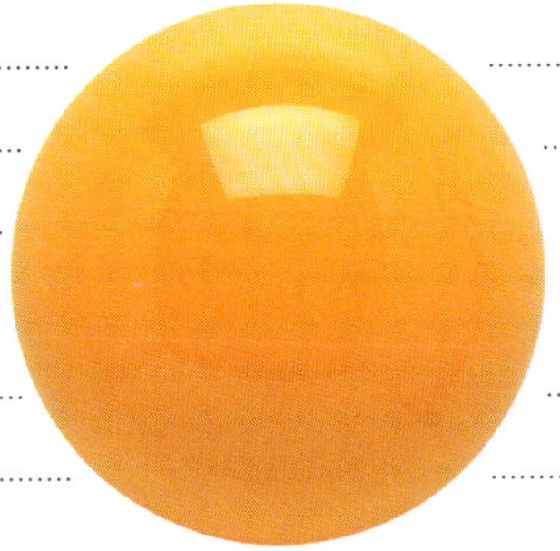

Stimmung

Farben

Zahlen

Gegenstände

Interpretation

Datum des Traums

Traum 44

Ihr Traum

Stimmung

Farben

Zahlen

Gegenstände

Interpretation

Datum des Traums

Traum 45

Ihr Traum

Stimmung

Farben

Zahlen

Gegenstände

Interpretation

Datum des Traums

»Mit tausend solch verzaubernder Träume, die den Schlaf nicht so tief, doch lieblich machen.«

TRAUM 46

IHR TRAUM

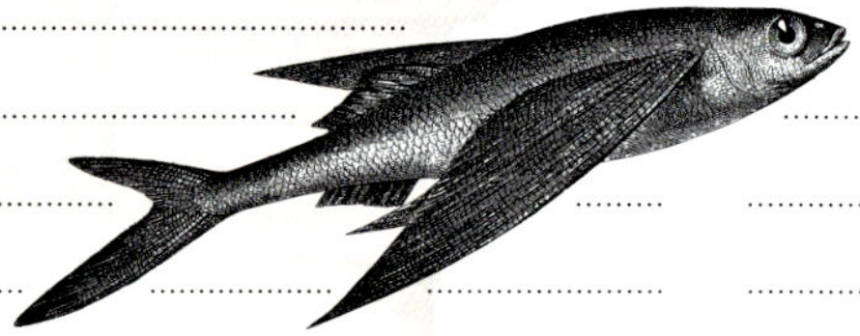

STIMMUNG

FARBEN

ZAHLEN

GEGENSTÄNDE

INTERPRETATION

DATUM DES TRAUMS

TRAUM 47

IHR TRAUM

STIMMUNG

FARBEN

ZAHLEN

GEGENSTÄNDE

INTERPRETATION

DATUM DES TRAUMS

TRÄUME IN DER KUNST

Seit Jahrhunderten üben der Schlaf und die Träume auf Künstler große Faszination aus. Im Schlaf sind wir körperlich verwundbar, und einige Gemälde zeigen sehr eindringlich und manchmal kontrastreich den wehrlosen Schläfer mit einem sterblichen oder übernatürlichen Beschützer an seiner Seite.

Bisweilen weisen Gemälde eine alptraumähnliche Komponente auf. Meistens handelt es sich jedoch um romantische Szenen, die an pastoralen Schauplätzen spielen oder eine stilisierte klassische Schönheit besitzen, wie die Werke der Präraffaeliten. Romantik und Erotik werden in der Kunst oft wie Traumbilder dargestellt. Auf dem Gemälde *There Sleeps Titania* (siehe unten) von John Simmons (1823-1876) vermitteln uns der Zauber und die Schönheit einer phantastischen Feenwelt eine Mischung aus Unschuld und Erotik, die so bezeichnend für Träume ist. Während wir im Alltagsleben Phantasie normalerweise als irreal abtun, können solche Träume unsere imaginativen Kräfte voll ausschöpfen. Im Traum werden unsere Phantasien zum Leben erweckt, und undenkbare Situationen oder Vorstellungen werden möglich. Dies geschieht auch in der Kunst: Ein Beispiel dafür sind die Gemälde surrealistischer Maler wie Salvador Dalí.

Traum 48

Ihr Traum

Stimmung

Farben

Zahlen

Gegenstände

Interpretation

Datum des Traums

Traum 49

Ihr Traum

Stimmung

Farben

Zahlen

Gegenstände

Interpretation

Datum des Traums

Traum 50

Ihr Traum

Stimmung

Farben

Zahlen

Gegenstände

Interpretation

Datum des Traums

„Träume sind zuverlässige Deuter unserer Neigungen; aber nur mit Hilfe der Kunst kann man sie einordnen und verstehen."

TRAUM 51

IHR TRAUM

STIMMUNG

FARBEN

ZAHLEN

GEGENSTÄNDE

INTERPRETATION

DATUM DES TRAUMS

TRAUM 52

IHR TRAUM

STIMMUNG

FARBEN

ZAHLEN

GEGENSTÄNDE

INTERPRETATION

DATUM DES TRAUMS

TRAUMREISEN UND BEGEGNUNGEN

In primitiven Religionen gibt es (meist männliche) Schamanen, die in ihren Träumen oder durch Drogen hervorgerufene Visionen in die Geistwelt reisen können. Dort bitten sie die Geister ihrer Vorfahren oder die Götter um Hilfe, beispielsweise bei der Heilung einer Person aus ihrem Volk, oder um Antworten auf praktische Fragen wie die beste Pflanzzeit.

Die Traumzeit der Aborigines in Australien ähnelt in gewisser Hinsicht Jungs Theorie vom Kollektiven Unbewußten (siehe Seite 34). In ihren Träumen dürfen die Aborigines immer noch den gemeinsamen Ort und die gemeinsam verbrachte Zeit, die Alchera oder Traumzeit, besuchen, um mit den Schöpfergeistern zu wandeln und mit den Menschen zu sprechen.

Einige moderne Religionen behaupten, daß wir im Traum auf verschiedenen Ebenen reisen und den »Geistkörpern« großer Lehrmeister begegnen. Anhänger der Theosophie, aber auch andere Lehren wie die mystische Hindu-Sikh-Tradition glauben, daß ihnen von Wesenheiten, die manchmal als Große Weiße Bruderschaft oder die Verborgenen Meister bekannt sind, Lehren übermittelt werden.

Menschen, die Erfahrung mit luziden Träumen haben, behaupten, daß sie sich im Traum mit Personen an einem vereinbarten Ort treffen können.

Traum 53

Ihr Traum

Stimmung

Farben

Zahlen

Gegenstände

Interpretation

Datum des Traums

Traum 54

Ihr Traum

Stimmung

Farben

Zahlen

Gegenstände

Interpretation

Datum des Traums

Traum 55

Ihr Traum

Stimmung

Farben

Zahlen

Gegenstände

Interpretation

Datum des Traums

»Wir sollten das Leben weder so zeigen, wie es ist, noch so, wie es sein sollte, sondern so, wie wir es in unseren Träumen sehen.«

Traum 56

Ihr Traum

Stimmung

Farben

Zahlen

Gegenstände

Interpretation

Datum des Traums

Traum 57

Ihr Traum

Stimmung

Farben

Zahlen

Gegenstände

Interpretation

Datum des Traums

Traum 58

Ihr Traum

Stimmung

Farben

Zahlen

Gegenstände

Interpretation

Datum des Traums

»Ein Traum in der Freitagnacht, den man am Samstag erzählt, wird sicher wahr, auch wenn es lange dauern kann.«

TRAUM 59

IHR TRAUM

»Erzähle deine Träume nie, während du fastest, und erzähle sie immer als erstes einer Frau, die Mary heißt.«

STIMMUNG

FARBEN

ZAHLEN

GEGENSTÄNDE

INTERPRETATION

DATUM DES TRAUMS

TRAUM 60

IHR TRAUM

STIMMUNG

FARBEN

ZAHLEN

GEGENSTÄNDE

INTERPRETATION

DATUM DES TRAUMS

TRÄUME IN DER VOLKSÜBERLIEFERUNG

Um Träume rankten sich schon immer Aberglaube und Märchen. Einst glaubte man, daß Träume immer das Gegenteil dessen bedeuteten, wovon sie handelten: Wenn man von Armut träumte, hieß das, daß man zu Reichtum gelangen werde und umgekehrt. Diese Regel von den Gegensätzen war für jeden frommen Menschen äußerst bequem, der erotische Träume hatte, denn dies konnte ja nur heißen, daß er oder sie keusche Gedanken hegte.

Es herrschte immer der starke Volksglaube, daß Träume die Zukunft weissagen können. Noch vor hundert Jahren buk ein Mädchen, das den Namen ihres künftigen Ehemannes wissen wollte, am St. Agnes's Eve einen Kuchen, auf den sie ihre Initialen eingravierte und den sie über Nacht backen ließ. Dann träumte sie von ihrem Freier.

In dem Buch *The Duchess of Malfi* von John Webster (1580-1625) sagt die Herzogin über Träume, in denen Perlen vorkommen: »Du wirst in Bälde weinen ... die Perlen bedeuten deine Tränen.« Ein weiterer alter Glaube besagt, daß »Träume von Kohlen ein Zeichen für Reichtum« seien. Heute glauben daran nur noch wenige Menschen. Manche sind davon überzeugt, daß der Verzehr von Käse vor dem Schlafengehen Alpträume verursacht. Dieser Glaube hält sich hartnäckig, obwohl wir wissen, daß unser Schlafmuster durcheinanderkommt, wenn wir Schwerverdauliches essen.

TRAUM 61

IHR TRAUM

STIMMUNG

FARBEN

ZAHLEN

GEGENSTÄNDE

INTERPRETATION

DATUM DES TRAUMS

TRAUM 62

IHR TRAUM

STIMMUNG

FARBEN

ZAHLEN

GEGENSTÄNDE

INTERPRETATION

DATUM DES TRAUMS

VISIONEN

Eine Vision ist eine Art Wachtraum. Jeder kann sie haben, nicht nur religiöse Mystiker, psychisch Gestörte oder unter Drogen stehende Menschen. Eine Vision kann ein blitzartig aufscheinendes Bild sein, manchmal hält sie aber länger an und scheint deutliche Botschaften zu enthalten. Früher war der Glaube weit verbreitet – und ist es teilweise immer noch –, daß Visionen Botschaften von Gott seien.

Im 15. Jahrhundert sah ein junges französisches Mädchen, das später als Jeanne d'Arc bekannt wurde (siehe Seite 38), Visionen, in denen Heilige ihr auftrugen, Frankreichs Dauphin bei seinen Schlachten beizustehen. Sie kämpfte neben dem Dauphin. Aber obwohl sie bei ihm war, als man ihn zu Karl VII. krönte, wurde sie später gefangengenommen, an die Engländer verkauft und als Hexe auf dem Scheiterhaufen verbrannt. 1920 wurde sie heiliggesprochen.

Viele religiöse Mystiker sowie auch ganz normale Menschen haben Visionen gehabt, die oft vom Ruhm Gottes handelten. Seine allseits bekannten Prophezeiungen sah Nostradamus in Visionen, und Orte, an denen jemand Visionen hatte, wie Lourdes oder Fatima, sind zu berühmten Pilgerstätten geworden.

Traum 63

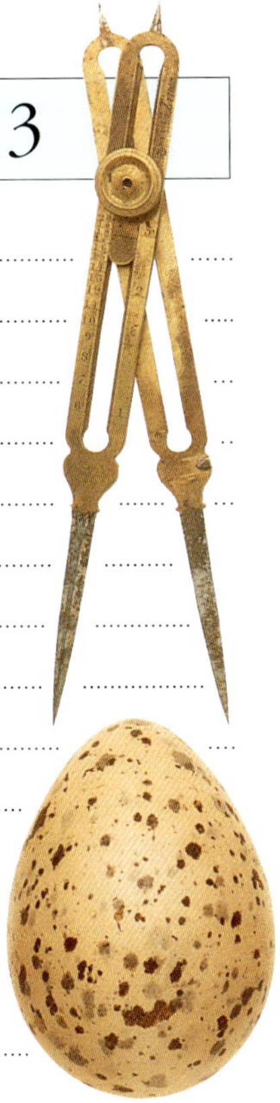

Ihr Traum

Stimmung

Farben

Zahlen

Gegenstände

Interpretation

Datum des Traums

Traum 64

Ihr Traum

Stimmung

Farben

Zahlen

Gegenstände

Interpretation

Datum des Traums

Traum 65

Ihr Traum

Stimmung

Farben

Zahlen

Gegenstände

Interpretation

Datum des Traums

»In der verschlafenen dunklen Höhle des Geistes bauen Träume ihr Nest aus Überresten.«

DANKSAGUNGEN

BILDNACHWEISE

o = oben; u = unten; Hg = Hintergrund; M = Mitte; l = links; r = rechts; go = ganz oben

Ashmolean Museum: 34Mlo, 34Mr; **Bridgeman Art Library:** Belvoire Castle, Leicestershire, Drei Grazien von Antonio Canova (1757-1822) (Marmor) 46Ml; Prado, Madrid, Salomos Traum von Luca Giordano (1632-1705) 37u; Privatsammlung There sleeps Titania, 1872 von John Simmons (1823-1876) 48ur; Privatsammlung, Der Untergang der Titanic am 15. April 1912, 1991 von Harley Crossley 40Mr; **British Museum:** 24Ml, 27ul, 53gor; **Camera Press:** Karsh of Ottawa, 34ul; **ET Archive:** 38Ml; **Mary Evans Picture Library:** 53ur, 54Mr; Max Halberstadt/ c Freud 32ul; **Ronald Grant Archive:** Bride of Frankenstein c Universal 44ul; **Robert Harding Picture Library:** 39uM; **Image Bank:** 4Mro; Paul Biddle 48ul; D. Carroll 38ul; Will Crocker 9Mr, 29M; Michael Dunning 51Ml; Tracy Frankel 12gor; Steve Krongard 49uM; John Martin 16Mro; Steve Mcalister 43Mr; Andre Plessel 30uM; Elle Schuster 22gor, 29ul, 32Mlo, 35ul, 37Mro, 55ur; M. Tcherevkoff 7ur, 13ur, 22Ml, 38/39M; Pete Turner 6/7Hg, 20ul, 26/27Hg; Andy Zito 51Mr; **Images Colour Library:** 1Hg, Vorsatzblätter, 8ur, 10Mo, 10/11Hg, 16Ml, 23Mr, 38goM, 39Mr; **Imperial War Museum:** 11gol; **National Maritime Museum:** 1Ml, 5Mlo, 12ul, 45ul, 50goM; **Press Association/Topham:** 42ul; **Science Museum:** 2goM, 13goM; **Tony Stone Images:** James Darell 11Ml; Philip Habib 20 Mro; Richard Johnston 16/17Hg; **Superstock Ltd:** 22gol, 23go, 23ur.

Schutzumschlag: **British Museum:** Vorderseite goM, Rückseite goM; **Robert Harding Picture Library:** Vorderseite gor, Rückseite gor; **National Maritime Museum:** Vorderseite ur.

DIE ZITATE WURDEN FOLGENDEN QUELLEN ENTNOMMEN:

Seite 9 Ralph Waldo Emerson (1803–1882)
Seite 13 John Bunyan (1628–1688), *Die Pilgerreise*
Seite 15 Tertullian (ca. 160–ca. 220)
Seite 17 Oben: William Shakespeare (1564–1616), *Hamlet*
Seite 17 Unten: Daniel Defoe (?1661–1731)
Seite 19 Alfred, Lord Tennyson (1809–1892), *Locksley Hall*
Seite 31 Alfred, Lord Tennyson (1809–1892), *The Higher Pantheism*
Seite 33 William Shakespeare (1564–1616), *Der Sturm*
Seite 35 John Keats (1795–1821), *Lamia*
Seite 36 Edmond Rostand (1868–1918), *Die Prinzessin aus dem Morgenland*
Seite 38 Edgar Allan Poe (1809–1849), *Der Rabe*
Seite 41 W. B.Yeats (1865–1939), *He Wishes For the Cloths of Heaven*
Seite 42 Logan Pearsall Smith (1865–1946)
Seite 45 Chuang-Tse (ca 350 BC)
Seite 47 Robert Herrick (1591–1674), *A Country Life: to his Brother, M.Tho. Herrick*
Seite 49 Michel de Montaigne (1533–1592)
Seite 51 Anton Tschechow (1868–1904), *Die Möwe*
Seite 52 Altes englisches Sprichwort
Seite 53 Alte irische Redewendung
Seite 55 Rabin-Dranath Tagore (1861–1941), *Leuchtkäfer*